Rudolf Reicke

Kantiana - Beiträge zu Immanuel Kants Leben und Schriften

Rudolf Reicke

Kantiana - Beiträge zu Immanuel Kants Leben und Schriften

ISBN/EAN: 9783743633995

Hergestellt in Europa, USA, Kanada, Australien, Japan

Cover: Foto ©Raphael Reischuk / pixelio.de

Weitere Bücher finden Sie auf **www.hansebooks.com**

Kantiana.

Beiträge

zu

Immanuel Kants Leben und Schriften.

Herausgegeben

von

Dr. Rudolph Reicke,

Custos an der Königl. und Universitäts-Bibliothek zu Königsberg.

Separat-Abdruck aus den Neuen Preuß. Provinzial-Blättern.

Königsberg.
Verlag von Th. Theile's Buchhandlung.
(Ferd. Beyer.)

1860.

Vorwort.

In dem 29. Stück der Königsberger Hartungschen Zeitung vom 9. April 1804 liest man folgende Nachricht: „Königsberg, vom 6. April. In der am 20. Februar gehaltenen außerordentlichen Versammlung beschloß der Akademische Senat das Andenken ihres verewigten Kollegen und Freundes Kant durch einen Trauer-Actum im großen Hörsaal zu feiern. Dieser wurde auf den 22. April als dem Geburts- und Namenstage*) des verstorbenen Prof. Immanuel Kant angesetzt, an welchem Tage zugleich die Büste dieses großen Mannes in dem Akademischen Hörsaal aufgestellt werden sollte. Da dieser

---

*) Dies gilt wohl nur für unsere Provinz. „Der Neue und Alte Hauß- und Geschichts-Calender, Auf das Jahr nach Christi MDCCXXIV Für das Königreich Preussen und benachbarte Lande gerechnet, Und heraus gegeben unter Approbation Der von Seiner Königl. Majestät in Preussen, in Dero Residenz Berlin gestifteten Societät der Wissenschafften. 1724." 4. (zu haben zu Königsberg „bey dem Königl. privilegirten Universitäts-Buchhändler, George Jacob Heerban", mit einem Anhang, „Königsberg, gedruckt bey Johann David Zänder"), der für unsern Fall hier allein maßgebend sein kann, hat „Neuer Aprilis 22 g" (d. i. Sonnabend) zum Namenstag Emanuel. Auch die neueren Kalender für unsere Provinz bis auf das gegenwärtige Jahr nennen den 22. April Emanuel, während dieser Tag in den Berliner Kalendern Lothar und der 26. März Emanuel heißt. Seit wann unsre Königsberger Kalender Emanuel am 22. April schreiben, habe ich bis jetzt nicht ermitteln können. Alte zu Königsberg in Preußen durch Johann Daubman gedruckte „Almanache" und „Schreibcalender" aus dem 16. Jahrhundert (es liegen mir solche auf die Jahre 1555, 1557 von „Simon Titius Binariensis der Artzney Doctor und Professor", 1565 „gestellet durch L. Zachariam Stopium Vratilaviensem Ertzstifftischen Riglschen Phisicum", 1567 „gestelt und geschrieben durch M. Nicolaum Neodomum Erphurdensem, Professorn der Universitet zu Königsberg" vor) haben den 22. April Galus ba. — Steinbeck „Chronolog. Handkalender für die Vorzeit, Gegenwart und

Geburts- und Namenstag den 22. April auf einen Sonntag fällt, so ist der feierliche Actus auf den 23. verlegt worden." Wie aus der Biographie Kants von Schubert (Immanuel Kant's Sämmtliche Werke. Herausg. von Carl Rosenkranz und Friedr. Wilh. Schubert. XI. Thls. 2. Abthl. S. 176) bekannt ist, wurde die Gedächtnißrede auf Kant von dem Consistorial-Rath Dr. Wald als Prof. eloquentiae gehalten. Das Concept dieser Rede, die, soviel mir bekannt, bisher nirgends im Drucke erschienen ist, umfaßt 14 paginirte Blätter in 4., die in zwei losen Heften einem Convolut größtentheils handschriftlicher Papiere beigegeben sind. Das ganze Convolut, mit der Aufschrift „Kantiana", befindet sich auf der hiesigen Königl. und Universitäts-Bibliothek in der Sammlung Kantischer Denkschriften. Es wurde unter den Nachlaß-Papieren des am 22. Februar 1828 verstorbenen Consistorialrath und Prof. Dr. Sam. Gottl. Wald vorgefunden und laut Acta des Königl. Universitäts-Curatorii die Beschlagnahme der von verstorbenen Beamten hinterlassenen für ihren Dienst aus den Acten angefertigten Notizensammlungen oder andern Schriften betreffend von der Wittwe und den Erben dem Universitäts-Curatorio zum beliebigen Gebrauch überlassen. Da sich bei der Königl. Bibliothek schon eine ähnliche Sammlung Kantischer Denkschriften befand, so ersuchte der Geh. Regierungsrath und außerordentliche Regierungs-Bevollmächtigte bei der Königl. Universität zu Königsberg Reusch unter dem 9. October 1828 das hiesige Bibliothekariat das in Rede stehende Heft ebenfalls in der Königl. Bibliothek aufzubewahren. Von dem ehemaligen Oberbibliothekar und Professor, jetzigen Königl. Ministerialrath Herrn Dr. Olshausen mit der Verzeichnung der Kant'schen Denkschriften beauftragt, haben mir auch diese von Wald angelegten Kantiana zur Durchsicht vorgelegen. Aus ihnen geht hervor, daß Wald, als er an die Ausführung des ihm gewordenen Auftrags ging, durch einen kranken Fuß verhindert war, sich persönlich Nachrichten bei den verschiedenen Männern, die dem verewigten Kant als Collegen oder

Zukunft"; Helwich „Zeitrechnung zu Erörterung der Daten in Urkunden für Deutschland" und Andere auch Weidenbach „Calendarium historico-Christianum medii et novi aevi" Regensburg, 1855. qu. 4. haben Emanuel nicht den 22. April, der bei ihnen Soter oder Soter und Cajus heißt, sondern den 26. März und geben keinen Aufschluß über die Abweichung in den preußischen Kalendern.

Freunde näher standen, über ihn zu sammeln. Diesem Umstande hat man ein reiches, schätzenswerthes Material zu Kant's Biographie zu verdanken, zu dem seine bedeutendsten hiesigen Zeitgenossen nach bestem Wissen beigesteuert haben. Wald wandte sich nämlich brieflich an Borowski, Reusch, Joh. Schulz, Wannowski, Heilsberg, Kraus, Wasianski und Gensichen mit Fragen mancherlei Art über Kant. Sie sind numerirt und betreffen unter andern seine Schul-, Universitäts- und Docentenzeit, erbitten Auskunft über seinen Umgang, über sein Benehmen gegen seine Gegner, gegen die Verbreiter seines Systems und gegen seine falschen Jünger, ex. gr. Beck, Fichte, ferner über seine Thätigkeit als philosophischer Lehrer und Schriftsteller, als Correspondent und Recensent, über seine Ansichten und Aeußerungen über geheime Gesellschaften, Musik, Tanz u. dgl. Die Antworten auf diese Fragen erfolgten von den meisten ad marginem vermerkt an Wald zurück. Einige, wie Wannowski, Heilsberg, Kraus ließen sich weitläufiger in selbstständigen Schreiben über Kant aus. Wald hat diese verschiedenen Schreiben, unter denen bei einigen das Couvertblatt mit der Adresse weggeschnitten ist, mit den übrigen von ihm angelegten handschriftlichen und gedruckten Collectaneen sorgfältig zusammengeheftet. Seine späteren Nachträge und Beilagen lassen vermuthen, daß er selbst vielleicht damit umging, seine Rede mit Benutzung des nachträglich Gesammelten durch den Druck zu veröffentlichen. Ist nun auch Vieles aus dem auf diese Weise entstandenen Material uns längst auf anderem Wege durch die gedruckten Biographien des Königsberger Weltweisen bekannt geworden, so ist doch auch manches Neue darin erhalten, was auch jetzt noch wohl verdient, als ein Beitrag zur Vervollständigung selbst der neuesten und besten, der Biographie von Schubert aus dem Jahre 1842, allgemein bekannt zu werden. Denn dieser scheint bei Abfassung seiner Biographie Kant's von den Wald'schen Papieren keine Kenntniß gehabt zu haben; wenigstens findet sich nirgends eine Erwähnung derselben; auch würden ein paar Stellen in jener keiner Berichtigung bedürfen, wie die Anmerkung a. a. O. S. 56: „Wald's erster Beitrag zur Biographie des Professor Kant, gedruckt als akademische Einladungsschrift zur Geburtstagsfeier des Königs im Jahre 1804. Dieser Beitrag ist der einzige geblieben." Es erschien aber noch in demselben Jahre als Einladungsschrift zu der am 9. October zu haltenden Gedächtnißrede auf den Kurfürstl. Tribunalsrath Schimmelpfennig Wald's zweiter

Beitrag zur Biographie des Professor Kant, der ein chronologisches „Verzeichniß sämmtlicher Schriften Kant's mit Nachweisung der Sammlungen, worin nachher die kleineren Schriften aufgenommen wurden" enthält, welches zwar selbst keineswegs genau und vollständig doch die Verzeichnisse sowohl in der Rosenkranz-Schubert'schen als Hartensteinschen Ausgabe der Kantischen Werke vervollständigen kann. Dieser zweite Beitrag mit dem ersten zusammengeheftet befindet sich als lose Beilage in den Wald'schen Kantianis. Er enthält 66 Nummern; die beiden letzten:

„65. Vorrede zu Jachmann's Prüfung der Kantischen Religionsphilosophie in Hinsicht auf die ihr beigelegte Aehnlichkeit mit dem reinen Mysticism. Königsberg. 1800. 8. (dat. den 14. Jan. 1800.)

66. Nachschrift eines Freundes zu des K. R. Heilsberg Vorrede zu Mielke's litth. Wörterbuche. Königsb. 1800. 8."

sind weder von Rosenkranz-Schubert, noch von Hartenstein mitgetheilt. Ich lasse sie in dem eigens für die Nachträge zu den Kantischen Schriften bestimmten 2ten Anhange wieder abdrucken.

Wegen ihres localen Interesses schätzenswerth sind unter andern Nachrichten noch zwei Verzeichnisse: das eine, von Wald, führt die Lehrer des Coll. Frideric. während der Schulzeit Kant's von 1732—1740 und die Commilitonen Kant's in den obern Klassen auf, das andre ist ein von Wannowski dienstlich beigelegtes Verzeichniß von Kant's Schul-Avancement. Das letztere, nach welchem der Name Kant auch Kandt, Cant, Candt, einmal Cante geschrieben wurde, beginnt mit 1732[b] (d. i. um Michael) und hört mit 1740[b] auf. Kant's Schulzeit umfaßt daher mindestens volle 8 Jahre, und es ist danach Schubert, der a. a. O. S. 19, sowie in seinem Vortrag am 6. December 1853 zum Besten des evangelischen Gustav-Adolph-Vereins in Königsberg „Immanuel Kant und sein Verhältniß zur Provinz Preußen" (abgedruckt in der Neuen Preuß. Provinzial-Blätter andere Folge Bd. V. 1854. S. 201) nur eine siebenjährige kennt, zu berichtigen, was übrigens schon der verstorbene Director des Colleg. Fridericianum F. A. Gotthold aus den Akten dieser Anstalt in eben denjelben Blättern Bd. III. 1853. S. 248 in dem Aufsatz: „Andenken an Johann Cunde, einen Freund Kant's und Ruhnken's" nachgewiesen hat, indem er Kant's Schulbesuch 8¼ Jahre betragen läßt.

Einen interessanten Brief des Jugendfreundes von Kant, des Kriegs- und Domänenraths Heilsberg, den „über Kant's Jugend zu verhören" Wald an zwei verschiedenen Stellen der Kantania von Borowski aufgefordert wurde, habe ich in den „Blättern für literarische Unterhaltung" 1858 Nro. 16. S. 278 ff. mitgetheilt, aus welchen er auch in der Neuen Preuß. Provinzial-Blätter 3. Folge, herausg. von X. v. Hasenkamp. Bd. I. Königsberg. 1858. S. 379 ff. aufgenommen worden ist. Es dürfte, wie ich hoffe, Vielen erwünscht sein, daß ich sie mit dem ganzen Material im ersten Anhange bekannt mache. Als treue und gewandte Benutzung desselben erscheint hier zunächst die akademische Gedächtnißrede Walds auf Kant. Sie ist einfach und würdevoll gehalten und gewährt auch jetzt noch, nach mehr als einem halben Jahrhundert, einen eigenen Reiz der Frische und Lebendigkeit, der durch die Autorisation parentalischer Geschichtschreibung keine Beeinträchtigung erleidet. Doch ehe Wald die Rede hielt, ließ er das Concept derselben unter den Senatsmitgliedern circuliren. Kraus (damals Decan der philosophischen Facultät) und Gräf (Joh. Christoph Gräf, seit 1783, als Nachfolger Lilienthals, Professor der Theologie und Pfarrer an der Kneiphöfschen Kathedral-Kirche) hatten Manches daran zu berichtigen. Sie bemerkten ihre Ausstellungen und Verbesserungen am Rande des Concepts, dieser mit Tinte unter der Chiffre Gr., jener mit Bleistift ohne Namensbezeichnung. Auf diese Weise sind abermals interessante Notizen entstanden, und ich habe mich nicht enthalten können, sie gleich mit dem Concept der Rede unter dem Text in fortzählenden Anmerkungen mitzutheilen. Die mit Gr. bezeichneten rühren von Gräf, die mit K. von Kraus her. Der letzteren sind bei weitem die meisten, und sie werden sich besonders werthvoll erweisen, nicht blos wegen ihres biographischen Inhalts, sondern auch durch die warme und liebenswürdige Pietät, die Kraus für seinen Freund Kant in schlichten Worten kundgiebt. Ich habe nur Weniges in ein paar Anmerkungen hinzufügen dürfen.

Schließlich habe ich noch zu bemerken, daß ich dem diesjährigen Bohnenkönig des hiesigen Kant-Vereins Herrn Prof. Dr. v. Wittich durch Einsehen in das Actenstück dieser Gesellschaft die Nachricht verdanke, daß der Konsistorial-Rath und Professor Dr. S. G. Wald am 22. April 1825 einen „Auszug aus seiner am 23.' April 1804 gehaltenen noch ungedruckten Rede zu Kant's Gedächtniß" vorgelesen habe. Der damalige Bohnenkönig Oberlandesgerichts- und Justiz-Rath Ehm nennt in seinem Bericht diesen Auszug „sehr interessant", und „da diese Rede sehr merkwürdige Nachrichten aus der Biographie Kants enthält, so soll der hochgeschätzte Redner gebeten werden, es zu genehmigen, daß von dieser Rede eine Abschrift angefertigt werden kann, welche hiernächst dieser Verhandlung sub C. mit beigefügt werden soll". Ich habe dieselbe mit dem auf der Königl. Bibliothek aufbewahrten Concept verglichen und finde, daß sie, außer in den Einleitungs- und Schlußworten und in einigen Bemerkungen unter dem Text, mit diesem fast wörtlich übereinstimmt. Der Redner sagt in jenen, daß er „die Materialien dazu damals theils von Kraus, Pörschke, Scheffner, Heilsberg, Wannowski, Gensichen, Borowski und Waslanski auf seine Bitten mitgetheilt erhalten habe, theils gab ihm das collegialische Verhältniß, in dem er 17 Jahre mit ihm stand, Gelegenheit genug, seine Denk- und Handlungsweise zu beobachten, ob er gleich in den letzten 10 Lebensjahren des hochgefeierten Mannes so wenig als Scheffner — wie dieser in seiner mit allerlei pikanten Einfällen gewürzten Autobiographie bemerkt — zu seinen commensalibus regularibus gehörte, deren einem wegen seiner letzten Aeußerungen in den gelehrten Blättern übel mitgespielt wurde u. s. w." Dies Letzte bezieht sich auf die „Merkwürdigen Aeußerungen Kant's von einem seiner Tischgenossen." (Joh. Gottfr. Hasse.) Königsberg. 1804. 8. und die demselben übel mitspielenden gelehrten Blätter sind „der Freimüthige" Nro. 139. 1804. und die „Zeitung für die elegante Welt" Nro. 87 vom 21. Juli 1804, aus denen die betreffenden sehr bittern Auslassungen abschriftlich von Wald seinen spätern Collectaneen beigelegt sind. — Die in der Rede vom 22. April 1825 neu hinzugekommenen Bemerkungen rühren von Pörschke her, dessen Namen Wald selbst in der Abschrift daruntergeschrieben hat. Auch diese, die ich, trotz des Hinweises darauf in dem im Anhang I. unter Fol. 52—53a XXVII. mitgetheilten Briefe Pörschkes, bei dem Concept vermisse, werden an den betreffenden Stellen der Gedächtnißrede mitgetheilt.

Königsberg, am Todestage Kant's 1860.

Dr. R. Reicke.

Wald's Gedächtnißrede auf Kant.

Den 23. April 1804.

**Erlauchter Herr Curator, ehrwürdige Häupter der Universität,
Rector, Canzler, Director, Senatoren und Professoren,
Hoffnungsvolle Zöglinge der Albertina,
Nach Geburt, Würden und Verdiensten zu verehrende Anwesende!**

Die Veranlassung der heutigen Feierlichkeit ist zu wichtig, und die Pflicht, welche mir der ehrenvolle Auftrag des akademischen Senats auflegt, zu groß, als daß ich nicht mit Schüchternheit den Rednerstuhl besteigen sollte. Einem Kant, als Mensch und Philosoph ausgezeichnet, eine Gedächtniß-Rede halten, erfordert mehr als meine Kräfte vermögen. Ihn so darstellen, daß jeder, der ihn kannte und schätzte, gestehen muß: die Zeichnung, die der Redner von ihm entwarf, ist nicht verfehlt — würde schon für höhere Talente und ausgebildetere Fertigkeiten, als ich mir beilegen darf, eine schwere Aufgabe sein. Ueberdies berührten meine Studien und Geschäfte die kritische Philosophie zu wenig, als daß ich es wagen dürfte, mich unter ihre Kenner zu rechnen, wenn ich auch sonst ihre Resultate dankbar benutzte; und — ein Urtheil über Kant und seine Verdienste zu fällen, ihm den gebührenden Rang unter den Gelehrten aller Völker und Zeiten anzuweisen, den Einfluß zu schildern, den seine Philosophie auf Wissenschaften und Sitten hatten, scheinet mir wenigstens noch zu frühe. Der durch ihn erleuchteten Nachwelt muß dies überlassen werden.

Unter jenen Uebelständen und bei dieser Ueberzeugung, würde ich wahrlich, ohne falsche Demuth, den Auftrag, von Kant öffentlich zu reden, um so mehr abgelehnt haben, als hier kein gewöhnlicher Gedächtniß-Akt, sondern eine ausgezeichnete Ehrenbezeigung, die in den Jahrbüchern unsrer Academie ohne Beispiel ist, von dem academischen Senate beabsichtigt wurde. Da ich indessen auf die Unterstützung einiger Freunde Kant's und auf ihre Nachsicht, höchst zu verehrende Herren, rechnen zu dürfen glaubte, so wagte ich es, unter den heterogensten Geschäften, die mir meine anderweitigen Pflichten auflegen, und unter körperlichen Schmerzen, die ich seit mehreren Tagen leibe¹), einen biographischen Abriß von Kant zu entwerfen. Freilich kann auch dies schon Anmaßung scheinen, diesen Versuch in ihrer Gegenwart zu machen, da noch keine zuverlässige Erzählung von Kant's Schicksalen aufgesetzt, und nur einige Anekdoten von ihm, aus seinen letzten Jahren, bekannt gemacht worden sind. Wenn ich aber auch nur das treu wiedergebe, was ich in meinen Quellen vorfand; wenn ich ohne Vorurtheil für oder wider den großen Mann, dessen Büste jetzt in uns sein Bild erneuert, ohne falschen Prunk hochtönender Worte, das vorlege, was ich seit 17 Jahren — denn so lange hatte ich das Glück, sein College in der philosophischen Facultät zu sein — an ihm beobachten konnte, so wird sein Schatten mir nicht zürnen.

Einfach, wie sein Charakter, sei die Huldigung, die ich seiner Größe und seinem Verdienste, im Namen der durch ihn geehrten Academie, darbringe. Versagen Sie, Erlauchter Herr Curator und ehrwürdige Häupter der Academie, und Sie, allerseits höchstzuverehrende Schüler und Verehrer Kant's, — ich wiederhole nochmals diese Bitte, denn ich fühle es zu tief, wie sehr ich Nachsicht heute bedarf — versagen Sie meinem Vortrage Ihre Aufmerksamkeit — mir ihre wohlwollende Nachsicht nicht!

Wo Kant's Familie herstamme, ob aus Schottland oder Schweden, kommt bei ihm kaum in Betracht, da er der ganzen cultivirten Welt angehört²). Interessanter ist's, zu erwägen, wie er das wurde, was er war; wie er als Mensch handelte; was er als Gelehrter, als akademischer Lehrer und als Schriftsteller leistete; wie er über seine Schüler, über seine Gegner und über seine falschen Jünger urtheilte. Ob ihn aber je ein fehlender Rockknopf beunruhigte; ob er mit einer goldenen Feder oder einem Gänsekiel schrieb; ob sein Haarbeutel links oder rechts declinirte; wie theuer sein Hut auf der Auction bezahlt wurde; was für Plümen und Bandeliere die Anführer seines Leichenzuges schmückten, gehört zu den Mikrologien, die der Mann nicht achtet³).

Kant durfte sich zwar, wie Sokrates, einen Weltbürger nennen, hatte aber das Besondere, in und zunächst für Königsberg zu leben.

1) (NB wenn nicht lieber die ganze Bemerkung dieses körperlichen Hindernisses, als zu kleinfügig für eine öffentliche Amtsrede, wegbleiben soll! Gr.)
2) Er hat mir versichert, sie stamme, so viel er wüßte, aus Schottland. — Auch schrieb sein Vater sich Cant. Von Schweden war nur in einem albernen Gerüchte, das seinen Vater zum Unterofficier machte, die Rede. K.
3) Dies würde ich weglassen. K.
idem sentio. Gr.

Er wurde zu Königsberg geboren, studirte zu Königsberg, kam selten aus und nie weit von Königsberg, lehrte und starb zu Königsberg ⁴). Er wurde nämlich hier den 22. April 1724 geboren. Sein Vater, ein Riemer, schickte ihn 1732 in das Collegium Fridericianum, dem damals Dr. Franz Albert Schultz als Director, und die Inspectoren Schiffert und Strobel vorstanden. Den Gottesdienst besorgten der nachmalige Pfarrer Steinkopf und Dr. Rau. Kant studirte hier 8 Jahre. Seine Lehrer waren im Lateinischen: Heidenreich und Fuhrmann; im Griechischen und Hebräischen: Stephan Schultz; in der Geschichte und im Französischen: Wilden; in der Geographie: Schelz*) und Rogowski; in der Mathematik: Siehr und in der Logik: Cuchlovius und Hein. Wer unter diesen vorzüglich sein Genie weckte, ist nicht bekannt ⁵). Nur soviel weiß ich aus den Nachrichten seiner Freunde, daß er Schultzen so innig hochschätzte, daß er ihm ein Denkmal der Verehrung zu errichten wünschte, und daß er Heidenreichs mit Achtung gedachte, weil er gelegentlich bei der Lection mancherlei Kenntnisse und richtige Begriffe seinen Zöglingen mittheilte. Unter

4) Kant erzählte mir, er habe, da er in einem gräflichen Hause, unweit Königsberg, die Erziehung, die er zum Theil mit von Königsberg aus (als Magister, wenn ich nicht irre) besorgen half, näher angesehen, öfters mit inniger Rührung an die ungleich herrlichere Erziehung gedacht, die er selbst in seiner Eltern Hause genossen, wo er, wie er dankbar rühmte, nie etwas Unrechtes oder eine Unsittlichkeit gehört oder gesehen. (Das gräfliche Haus †), wohin er regelmäßig abgeholt wurde, werde ich mündlich nennen). K.

*) Nicht Schultz, wie Schubert a. a. O. S. 19 angiebt. Auch in dem Lehrerpersonale, das Gotthold in seinem im Vorwort erwähnten „Andenken an Joh. Cunde" (a. a. O. S. 249) mittheilt, steht Johann Christoph Schelz aus Fischhausen als Lehrer der Geographie verzeichnet. D. H.

5) Als einen der trefflichsten Lehrer hat er mir öfters einen Kundet ††) genannt, der, troß mancher Eigenheiten, der tiefsten Achtung von seinen Schülern genossen, weil sie die Sorgfalt sahen, mit welcher er informirte. Auch Heidenreichs hat er gegen mich als eines eleganten Lateiners oft erwähnt. K.

†) Es ist das Truchseß-Waldburgsche Haus in dem 2 Meilen von Königsberg entfernten Schlosse Capustigall; s. Schubert a. a. O. S. 37.
Der Herausgeber.
††) Kraus irrt hier, denn Cunde ist Kant's Mitschüler und erst 1743, also 3 Jahre nach Kant's Abgange vom Fridericianum, erscheint er als Lehrer an demselben, aber nur ein halbes Jahr, dann später wieder von 1746—56, bis er als Rector nach Rastenburg ging, wo er 1759 starb. s. Gotthold a. a. O. S. 254. 255. D. H.

seinen Mitschülern schätzte er vorzüglich **Ruhnken**, der als Professor zu Leyden starb; **Kypke**, der als hiesiger Professor der morgenländischen Sprachen, Observationen über das Neue Testament herausgab, und den hiesigen beliebten Arzt Dr. **Trummer**, mit dem er sich bis ans Ende duzte 6). — Er trieb mit allem Eifer die alten Sprachen, lernte hebräisch, vorzüglich aber wetteiferte er mit **Ruhnken** in der Lectüre lateinischer Schriftsteller nach den damals besten Ausgaben, die Ruhnken, als der wohlhabendste, anschaffte. Kant galt damals für einen guten Stilisten und vergaß auch in spätern Jahren der Bekanntschaft nicht, die er auf der Schule mit den Classikern gemacht hatte 7). Er recitirte die schönsten Stellen lateinischer Dichter, Redner und Geschichtschreiber noch in seinem Greisenalter. Es muß also doch der Pietismus noch nicht in Fanatismus ausgeartet und die Disciplin in dieser Schule nicht so furchtbar strenge gewesen sein, als von einigen undankbaren Schülern — der dankbaren hatte sie weit mehr — zuweilen vorgespiegelt wurde.

Zu Michaelis 1740 bezog Kant, 16 Jahre alt, die hiesige Academie. Damals lehrten hier in der philosophischen und theologischen Facultät: **Hahn**, **Behm**, **Teske**, **Kowalewski**, **Gregorovius**, **Langhansen**, **Knutzen**, **Christiani**, **Quandt**, **Arnoldt** und **Schultz**, der die Wolfische Philosophie hier einführte und mit der Theologie in so innige Verbindung setzte, daß Wolf selbst oft gesagt haben soll: hat mich Jemand irgend verstanden, so ist's Schultz in Königsberg. Wen Kant unter den genannten Lehrern am fleißigsten hörte, ist mir nicht genau bekannt; gewiß ist es nur, daß er Dogmatik bei Schultzen fleißig hörte, aber der Versorgung im geistlichen

---

6) Kant sagte mir einmal, als ich mit ihm spazieren ging und **Trummer** ihm begegnete, hinterher über das Duzen, daß es ihm überhaupt nicht gefalle, und daß er es nur selber nicht mehr ändern könne. K.

7) Er las auch noch in seinen Professor-Jahren Seneca, Lucretius 2c. Die schönsten Sentenzen mochte er aus seinem Lieblinge Montaigne, der davon überfließt, herhaben. Sein Gedächtniß war so dauerhaft, daß ich ihn noch etwa 6 oder 8 Jahre vor seinem Ende ein ziemlich langes sehr witziges Hochzeitsgedicht†) von Richey am Tisch aufsagen hörte, welches mit der Zeile anfing: Mit einem strengen Amtsgesichte 2c. und welches vermuthlich unter Richey's, des bekannten Hamburgers, Schriften steht. K.

†) Das 26 achtzeilige Strophen lange Gedicht ist wieder abgedruckt in den „Kantiana" Neue Preuß Provinzial-Blätter. Bd. VI. S. 2–8. D. H.

Stande entsagte, weil er dem Pietismus abgeneigt und, wie man erzählt, bei der Wahl zur Schulcollegenstelle im Kneiphofe — (den Posten erhielt ein notorischer Ignorant, Kahnert⁸) — durchgefallen war. Da er kein Vermögen besaß, so unterrichtete er verschiedene Studenten für eine billige Belohnung und repetirte mit andern die Vorlesungen der Professoren **Ammon**, **Knutzen** und **Teske**⁹). Unter seinen academischen Commilitonen zeichnete er den nachmaligen Geheimen Finanzrath **Blömer**, die Kriegsräthe **Heilsberg** und **Kallenberg** aus. Aus Mangel an Vermögen wählte er in der Folge den Hofmeister-Stand und ging zum reformirten Prediger **Anderſch** in Judschen, dem Herrn v. **Hülſen** auf Arensdorf und Grafen **Kayſerling** in Condition ¹⁰). Im Jahre 1755 wurde er hier, durch Unterſtützung ſeines Verwandten **Richter**, eines wohlhabenden Fabrikanten, Magister und ſeine Probeſchrift über die Elaſticität*) enthielt ſo ſcharfſinnige Gedanken, daß der damalige Profeſſor der Naturlehre, **Teske**, geſtand, vieles daraus gelernt zu haben ¹¹). Am 27. September deſſelben Jahres vertheidigte er ſeine erſte metaphyſiſche Schrift: principiorum primorum cognitionis metaphysicae nova dilucidatio: pro receptione in die philoſophiſche Facultät. Er las ſeitdem über Mathematik, Naturlehre, Anthropologie, phyſiſche Geo-

---

8) Der Name Kahnert iſt im Manuſcript durchſtrichen, bei der Parentheſe ein Merkzeichen gemacht und ad marginem folgendes NB.: „Der Name dieſes angeblichen Ignoranten werde wenigſtens nicht genannt, da er noch Freunde und Verwandte hier hat; ich würde aber lieber die ganze Stelle, wer den Poſten erhielt auch um des Patrons willen, weglaſſen." Gr.
Kraus bemerkt in Bezug auf dieſe Mittheilung von Wald: „Das bezweifle ich ſehr; denn wie gern würde er einen ſolchen Vorfall mit ſeiner ſpaßhaften Laune erzählt haben; aber nie habe ich davon ein Wort gehört"
9) Von Teske hatte er eine geringe Meinung und mit Recht. Der einzige Lehrer, der auf ſein Genie wirken konnte, war Knutzen. Ammon muß nach einer mathematiſchen Schrift, die ich von ihm geſehen habe, ein Stümper geweſen ſein. K.
10) Von einer Condition bei Keyſerling weiß ich nichts. K.
*) Wenn gleich Kant in ſeiner Probeſchrift über den Begriff der Elaſticität weitläufig handelt, ſo gab er ihr doch einen andern Titel: Mediationum quarundam de igne succincta delineatio. Sämmtl. Werke herausg. von Rosenkr. u. Schub. Th. V. S. 233 ff. D. H
11) Was Kant's Genie unter Knutzen aufſchloß und ihn auf die in ſeiner herrlichen Naturgeſchichte des Himmels dargelegten originalen Ideen brachte, war der Komet von 1744, über welchen Knutzen eine Schrift herausgab. K.

graphie, Logik, Metaphysik, Moralphilosophie, natürliche Theologie, zuweilen auch philosophische Encyklopädie, Pädagogik, auch in frühern Jahren eine Kritik der Beweise fürs Dasein Gottes, und sogar mit vielem Interesse Fortification und Pyrotechnie. — Bisher hatte er blos von seinem spärlichen Verdienst als Privatlehrer gelebt. Erst im Jahre 1766 erhielt er ein Gehalt vom Staate, als zweiter Aufseher der Schloß-Bibliothek, an des Hofraths Goraiski Stelle, welches Amt er aber deßhalb besonders lästig fand, weil mehr neu- als wißbegierige die Bibliotheken zu besuchen pflegen. Er legte es daher, nachdem er eine ordentliche Professur erhalten hatte, im Jahre 1772 nieder [12]). Er war nämlich nach des Oberhofpredigers Langhansen Tode, im Jahre 1770 zum Professor der Mathematik ernannt worden, tauschte aber mit dem bisherigen Professor der Logik und Metaphysik Buck und blieb seitdem bei dem Lehramte der theoretischen Philosophie. Seine Disputatio pro loco: de mundi sensibilis atque intelligibilis forma et principiis, enthielt schon die Grundzüge seiner Kritik der reinen Vernunft. Unter seinen frühern Collegen ging er am meisten mit dem Rechtslehrer Funk und dem jüngern Professor Kypke um, schätzte auch den rechtschaffenen Charakter und die große Gelehrsamkeit des Kirchenraths Lilienthal sehr hoch, so weit er auch sonst von manchen Meinungen desselben abging. Ueber die nähern Verhältnisse seiner spätern Collegen geziemt uns in dieser Versammlung keine Erwähnung. Sie würde nur die Bescheidenheit seiner Vertrauten compromittiren. Im Sommer 1780 wurde Kant, an Christiani's Stelle, beständiges Mitglied des academischen Senats. Nach Friedrich II. Tode wurde er dem neuen Könige bei der hiesigen Huldigung, als zeitiger Rector vorgestellt und bald darauf mit Eberhard und Herder zum Mitglied der Academie der Wissenschaften in Berlin ernannt. Man wies ihm auch aus der Ober-Schulen-Kasse eine besondere jährliche Zulage von 220 Thalern an. Aber im Jahre 1794 fand sich der damalige Minister von Wöllner, durch Kant's Religion innerhalb der Grenzen der Vernunft, veranlaßt,

---

12) Franz Albert Schultz ließ einmal Kant zu sich bitten und stellte ihm vor, er möchte sich doch zu einer damaligen Vacanz melden; aber er that es nicht. Wie er zu der Schloßbibliothekarstelle gekommen, weiß ich nicht; aber ich wollte wohl alles wetten, daß er nicht darauf gefallen ist, darum zu bitten, sondern daß seine Freunde sie ihm so zu sagen in die Hände gespielt. So viel ich weiß, hat Kant nie in seinem Leben um etwas für sich gebeten oder nachgesucht. K.

ihn, so wie andere frei denkende Lehrer auf den preußischen Universitäten, in einem harten Rescripte (vom 1. October) nachdrücklich zu ermahnen, daß er seine Philosophie nicht zum Nachtheile des Christenthums mißbrauchen solle — die einzige bedeutende Anfechtung, die Kant während seines vieljährigen Lehramtes erfuhr, welcher er aber durch eine männliche Vertheidigung begegnete.

Er hat das philosophische Decanat sechsmal selbst verwaltet und die beiden folgenden Male durch seine Collegen Kraus und Mangelsdorf[13]) verwalten lassen. Das academische Rectorat hat er nur zweimal (1786 und 1788) geführt. Denn als ihn das dritte Mal die Reihe traf, lehnte er's ab, leistete auch auf alle Emolumente desselben Verzicht.

Im Jahre 1797 hörte er öffentlich zu lesen auf; die Privatcollegien hatte er schon ein paar Jahre früher eingestellt. Im Jahre 1801 resignirte er seine Senatorstelle, behielt aber in Hinsicht seiner ausgezeichneten Verdienste alle seine Dienst-Emolumente bis ans Ende, das vor zehn Wochen, nämlich am 12. Februar, im 80sten Jahre seines ehrenvollen Alters erfolgte.

Von seinen Collegen und Freunden geliebt, von seinen Mitbürgern geschätzt, vom Auslande hochgeachtet genoß er das seltene Glück, durch thätige Beihülfe seines Freundes, des englischen Kaufmanns Green ein beträchtliches Vermögen zu sammeln und sich dadurch ein sorgenfreies Alter und die Freude zu verschaffen, seine unbegüterte Familie reichlich unterstützen zu können. Er war wenigstens in dieser Hinsicht weit glücklicher als sein Geistesverwandter Keppler, von welchem Kästner's Epigramm mit Wahrheit sagt:

„„So hoch war noch kein Sterblicher gestiegen,
Als Keppler stieg"" „und starb in Hungersnoth;
Er wußte nur die Geister zu vergnügen,
Drum ließen ihn die Körper ohne Brodt."

Ich konnte von Kant's Schicksalen nur eine kurze unfruchtbare Uebersicht geben, und muß es Anderen, die den Verewigten näher kannten, die mehr Talent zur biographischen Kunst besitzen und mehr Muße haben, als ich, überlassen, eine interessantere Skizze seines Lebens zu entwerfen. Nur einige Beiträge zu seiner Charakteristik, und

---

13) Die beiden Namen Kraus und Mangelsdorf sind mit Bleistift unterstrichen.

vielleicht nicht einmal die intereſſanteſten, kann ich jetzt mittheilen. Erwarten Sie aber, meine Herren, von mir keine ausführliche Schilderun gſeinesPrivatlebens — ſie würde weder dem ernſten Charakter der heutigen Feier angemeſſen ſein, noch ſo vollſtändig ausfallen können, als ſie einer ſeiner vertrauteſten Freunde nächſtens liefern wird. Erlauben ſie mir ferner, Kant's etwanige ſchwache Seite zu überſehen und über ſeine Beurtheilung der Prediger und des öffentlichen Gottesdienſtes zu ſchweigen [14]), nach den menſchenfreundlichen Regeln der Beurtheilung großer und geliebter Todten: nil nisi bene und ubi plura nitent! Ich werde ihn nur als Menſchen überhaupt, insbeſondere aber als Gelehrten, als acadeniſchen Lehrer, als Schriftſteller und Philoſophen ins Auge faſſen. Ich werde kurz und einfach, ohne alle prunkende Beredtſamkeit — die Kant ſelbſt für eine täuſchende und gefährliche Kunſt erklärte — vortragen, was ich an ihm fand. Meine Augen ſehen nicht ſo weit und ſo ſcharf als andere. Jeder hat auch ſeinen eignen Standpunkt; er hat daher auch ſeinen eignen Regenbogen. Wer mag ihn verdammen, wenn ſeine Anſicht der Dinge und Menſchen von dem allgemeinen Lobe oder Tadel des großen Haufens abweicht? Ich hoffe jedoch bei Kant's Charakteriſtik nicht in die Verlegenheit zu gerathen, von Ihrer Anſicht und Beurtheilung ſeines Kopfes und Herzens abweichen zu müſſen. Kant haßte ja ſelbſt alle Schmeichelei und verabſcheute jede Unwahrheit. Sollte uns alſo nicht die Wahrheit, die reine lautere Wahrheit ganz allein zum Leitſtern bienen dürfen?

Alſo von Kant als Menſchen!

Er betrachtete den Körper als ein Inſtrument, welches von ſeinem Gemüthe geleitet und zwar ſo geleitet werde, daß er ſich durch den bloßen Vorſatz ſeiner krankhaften Gefühle bemeiſtern könne. Da er bei dieſer Ueberzeugung regelmäßig lebte, da er fleißig ſpazieren ging,

---

14) Er hatte ſich eine Idee vom öffentlichen Gottesdienſt gemacht, die, wenn ſie je realiſirt worden wäre, ihn zum fleißigen Kirchengänger gemacht hätte. An Predigern tadelte er nur Anmaßung, zu wiſſen und zu können, was ſie nicht wüßten und könnten; die Menſchen, welche Prediger waren, ſchätzte er, wenn ſie ſonſt ſchätzenswerth waren, eben ſo ſehr, als wenn ſie einen andern Beruf gehabt hätten. **K.**

„und über — ſchweigen." Dies würde ich ſchon darum, weil doch davon geſchwiegen wird, weglaſſen. **Gr.**

da er keine rauschenden Belustigungen und noch weniger Schwärmereien in der Jugend geliebt hatte, so war er in frühern Jahren nie und im Alter nur selten krank. Von Tanz und Jagd hielt er nichts, und erlaubte sich nur in seinen akademischen Jahren Billard und nachher L'hombre zu spielen, welches er wirklich gut verstand und für eine Seelen-Motion erklärte. Von der Musik behauptete er, daß sie den Menschen weichlich mache. Er wohnte daher höchst selten einem Concerte bei und äußerte über die Trauermusik, welche die hiesige Judenschaft auf Mendelssohns Tod veranstaltet hatte, seinen Unwillen, weil sie von Anfang bis zu Ende aus Trauer- und Klagetönen bestanden hätte: das ist nichts, sagte er entscheidend, eine Trauermusik muß sich freilich traurig anfangen; sie muß aber nachher belebend und erfreuend werden, am wenigsten darf sie das Gemüth beängstigen."

Kant liebte die Menschen als Menschen. Er mischte sich unter alle Stände, weil ein praktischer Philosoph nur dadurch Menschenkenntniß erlangen könne. Er ging mit den Kaufleuten Green und Motherby, mit dem Buchhändler Kanter, mit einigen Professoren, mit dem Schulcollegen Freitag (der als Pfarrer in Neuhausen starb), mit seinem Schulfreunde Cunde (der bei seinem Antritte des Rectorats in Rastenburg sagen konnte: Haec schola me non capit); er ging mit den Generalen Meyer und Lossow und auch mit einigen Geistlichen um. Für die Littauer hatte er eine besondere Vorliebe, weil seine ersten academischen Freunde, Wlömer und Heilsberg aus Littauen gebürtig waren und er bemerkt haben wollte, daß jeder Littauer zur Satyre Neigung besitze, aber wenig lache. Auf den Einwand, daß er selbst höchst selten lache, erwiederte er: daß kein Metaphysiker je in der Welt so viel Gutes stiften werde, als Erasmus von Rotterdam mit seinen Satyren bewirkt habe. Dagegen setzte er auf die englische Nation, als Nation, keinen ausgezeichneten Werth*). Er las zwar ihre Philosophen und Dichter bis zum Jahre 1771 mit Beifall, wies aber in seiner Anthropologie dem Genie der Engländer die vorletzte Stelle an. Das Genie, sagt er daselbst, ist entweder in der Wurzel (Urkraft), in der Krone (Sinnlichkeit), in der Blüthe

---

*) „Bis zum Kriege 1793 pries er sie oft enthusiastisch. Pitt's System, das ihm Sclaverei und Barbarei einzuführen schien, stellte ihm die Nation in Schatten. Auf den Vorwurf, daß er die Engländer hasse, antwortete er: „so viel Mühe gebe ich mir nicht." Pörschke.
Spätere Anmerkung in Wald's Rede vom 23. April 1825.

(Geschmack) oder in der Frucht (Geist). Bei den Deutschen ist das Genie in der Wurzel, bei den Franzosen in der Blüthe, bei den Engländern in der Frucht, bei den Italienern in der Krone.

Kant war ein angenehmer Gesellschafter und erzählte gern, zuweilen auch wol schon gedruckte Anekdoten. Von der Gräfin Kayserling hatte er manches in der feinen Lebensart angenommen. Sonst haßte er das Complimentiren; Biederkeit im Umgange zog er jedem Gepränge vor. Er gehörte zu keiner geheimen Gesellschaft, ob sich gleich einige seiner vertrauten Freunde in Mysterien selig fühlten.

Vom zweiten Geschlecht sprach er selten, und wenn er davon sprach, mit Achtung*). Seine Betrachtungen über das Schöne und Erhabene enthalten hierüber treffliche Aeußerungen. Er sah zwar den Ehestand für ein nothwendiges Bedürfniß an, heirathete aber selbst nicht, konnte auch die Aufmunterungen dazu nicht leiden. Er verließ mit Unwillen eine Gesellschaft, in welcher ihm auch nur zum Scherze dergleichen Vorschläge gemacht wurden [14]). Dennoch hatte er in seinen jüngern Jahren zweimal Gelegenheit [15]) und Lust sich zu verehelichen. Einmal fiel seine Neigung auf eine junge, schöne und sanfte Wittwe, die zum Besuch ihrer Anverwandten hergekommen war. Das zweite Mal rührte ihn ein artiges westphälisches Mädchen, welches als Reisegesellschafterin einer Edelfrau, die in Preußen Güter hatte, nach Königsberg kam. Kant berechnete Einnahme und Ausgabe und zögerte mit seinen Anträgen so lange, bis die Wittwe sich wieder im Oberlande verheirathet hatte und die westphälische Schöne mit ihrer Gebieterin nach Hause gereist war [17]).

*) „Nur warf er selbigem die Herrschsucht vor."   Berichte.
Wie vorher.

15) „Er verließ u. s. w." ist mit Bleistift unterstrichen und ad marginem bemerkt: „Das würde ich weglassen."   K.

16) Sollte das wahr sein? Ich weiß nur von einer Person, die er, wie mir mein Freund Philippi schon etwa A. 1772 erzählt hat, zu heirathen wünschte; die war aber, soviel ich weiß, eine Königsbergerin. Ich kann noch das Haus zeigen, wo sie wohnte. Was Kant einmal darüber fallen ließ, ging darauf hinaus, daß bei näherer Ansicht das Gleißende sehr geschwunden sei, d. h. daß Kant eine seiner würdige weibliche Seele da nicht gefunden habe.   K.

17) Dies müßte wenigstens weniger spaßhaft erzählt werden, wenn es nicht ganz wegbleiben soll.   Gr.

Zum Geschäftsleben hatte er wol zu wenig Gewandtheit. Ja er hing so fest an Statuten, Herkommen und allen Formen, daß sich nur hieraus seine auffallende Aeußerung über die Geschäftsleute, wozu er auch die Prediger rechnete, in seinem Streit der Facultäten erklären läßt ¹⁸): „Den Geschäftsleuten kann es allerdings verwehret werden, sagt er, daß sie den ihnen in Führung ihres respectiven Amts von der Regierung zum Vortrage anvertrauten Lehren nicht widersprechen und den Philosophen zu spielen sich erkühnen. Wenn Prediger und Rechtsbeamte ihre Einwendungen und Zweifel gegen die geistliche oder weltliche Gesetzgebung ans Volk zu richten sich gelüsten ließen, so würden sie es dadurch gegen die Regierung aufwiegeln." Ferner: „Ein Geistlicher ist verbunden seinen Catechismus-Schülern und seiner Gemeine nach dem Symbol der Kirche, der er dient, seinen Vortrag zu thun: denn er ist auf diese Bedingung angenommen worden. Aber als Gelehrter hat er volle Freiheit, ja sogar den Beruf dazu, alle seine sorgfältig geprüften und wohlmeinenden Gedanken über das Fehlerhafte in jenem Symbol und Vorschläge wegen besserer Einrichtung des Religions- und Kirchenwesens dem Publikum mitzutheilen. Es ist hierbei auch nichts, was dem Gewissen zur Last gelegt werden könnte. Denn, was er zu Folge seines Amts, als Geschäftsträger¦der Kirche, lehrt, das stellt er als etwas vor, in Ansehung dessen er nicht freie Gewalt hat, nach eigenem Gutdünken zu lehren, sondern das er nach Vorschrift und im Namen eines Andern vorzutragen angestellt ist. Er wird sagen: unsre Kirche lehrt Dieses oder Jenes; das sind die Beweisgründe, deren sie sich bedient. Er zieht alsdann allen practischen persönlichen Nutzen für seine Gemeinde aus Satzungen, die er selbst nicht mit voller Ueberlegung unterschreiben würde, zu deren Vortrag er sich gleichwol anheischig machen kann, weil es doch nicht ganz unmöglich ist, daß darin Wahrheit verborgen läge."

Was mochte also Kant für einen Begriff von positiver Religion haben? — Er nannte sie ein höchst wichtiges Staatsbedürfniß; er

---

18) Alle echt wissenschaftlichen Studien, wie Mathematik ꝛc. machen Willkühr widerlich. Und so gings auch Kanten in Absicht des Geschäftslebens, wo immer Willkühr unterläuft, die er nicht leiden konnte. Ein solcher Kopf, der Willkühr nicht leiden kann, muß entweder sich pünktlich an die Satzungen und Vorschriften halten oder seinem Raisonnement folgen. Aber das Raisonnement solches Kopfs stimmt gewöhnlich gar schlecht mit den Satzungen; er darf es also nicht zum Führer nehmen, ohne überall gegen Convenienz, die er so wenig als Willkühr leiden kann, zu verstoßen. K.

äußerte eine große Hochachtung für die christliche Glaubenslehre und erklärte die Bibel „für das beste vorhandene zur Gründung und Erhaltung einer wahrhaftig seelenbessernden Landes-Religion auf unabsehliche Zeiten taugliche Leitmittel der öffentlichen Religions-Unterweisung"; er tadelte die Sucht, Einwürfe und Zweifel gegen die Geheimnißlehren des Christenthums im öffentlichen Unterrichte und in Volksschriften aufzuwerfen, als unbescheidenen Unfug und glaubte die Zusammenstimmung der altlutherisch-wolffischen Dogmatik mit dem reinsten moralischen Vernunftglauben in seiner Schrift: „die Religion innerhalb der Grenzen der Vernunft" dargethan zu haben. Er war aber mit den neuen Untersuchungen Semler's, Ernesti's, Nösselt's 2c. ganz unbekannt. Seine theologischen Kenntnisse reichten kaum bis ans Jahr 1760. Was er ehedem in der Schule, im Catechumenen-Unterrichte des Dr. Schultz und zuletzt in dessen dogmatischen Vorlesungen aufgefaßt hatte — das war und blieb seine ganze Kenntniß der positiven Religion. Kein Wunder, daß er so und nicht anders darüber urtheilte [19]).

Als Patriot schätzte er die preußische Verfassung und äußerte oft, daß Pauli Vorschrift: seid unterthan der Obrigkeit, die Gewalt über euch hat, eine sehr weise und nervöse Vorschrift sei. An der englischen Staatsverfassung fand er viele Fehler. Für die französische Revolution interessirte er sich sehr. Die Geschichte des Tags gehörte zu seinen Lieblingsgesprächen.

Der vornehme Ton war ihm unausstehlich. Wenn Jemand im Umgange oder in Schriften in diesen Ton verfiel, konnte Kant zuweilen bitter [20]) spotten. Er liebte überhaupt die Satyre [19]) und las gern satyrische Schriften. Mit Hudibras, Don Quichote und Lichtenbergs Erklärung der Hogartschen Kupfer war er innig vertraut [20]).

---

19) Aber sind denn nicht nach Allem, was Semler, Nösselt 2c. vorgebracht haben, die eigentlichen Grundideen, die Kant als angebliches Christenthum voraussetzt, noch immer herrschend und nicht blos de facto, sondern auch de jure geltend? K.

20) „bitter" mit Bleistift ausgestrichen und am Rande „caustisch".

„die Satyre" mit Bleistift unterstrichen und am Rande: „Witz und selbst caustischen Witz. Eine der herrschendsten Charaktereigenschaften Kant's war Gutmüthigkeit, und eben darum hatte er Satyre als solche nie lieb. Aber Witz, treffend und wahr liebte er sehr, und das ist doch mit dem, was man unter Satyre meint, nicht einerlei. Swift liebte er auch sehr". K.

Seine Satyre hatte jedoch keinen menschenfeindlichen Charakter. Er war sehr human, entfernt von aller Herrschsucht, feindete keinen an, behandelte seine Collegen mit Zutrauen und Freundschaft, unterstützte junge Gelehrte mit Rath und That, suchte ihr Fortkommen zu befördern und führte angehende Schriftsteller mit Vorreden, die er ihren Arbeiten beifügte, ins Publikum ein. Er mag sparsam gewesen sein, geizig war er gewiß nicht. Er ließ wenigstens in den letzten Jahren, als er zu Vermögen gelangt war, seinen Verwandten bedeutende Unterstützungen zufließen. Wer mir noch in meinen letzten Augenblicken eine gute Handlung vorzuschlagen weiß, dem will ich danken — sagte Kant zu einem Freunde.

Bei dieser Gesinnung und Handlungsweise konnte er zwar als Philosoph Gegner, aber als Mensch keine Feinde haben. Gewiß hatte er auch keinen in seiner Nähe!

Als Gelehrter gehörte unser Kant zu den Polyhistoren. Er hatte sich schon in seiner Jugend von allen Wissenschaften Kenntnisse erworben und sogar mit seinen Freunden Wlömer und Heilsberg theologische Collegia bei Dr. Schultz gehört, keine Stunde versäumt, fleißig nachgeschrieben, zu Hause wiederholt und im examinatorio am besten geantwortet. In der Folge aber legte er sich besonders auf Physik, Mathematik und vorzüglich auf Astronomie. Seine Vorliebe für diese Wissenschaften schloß ihm die Geheimnisse der Natur auf und leitete ihn auf die Idee, das menschliche Erkenntnißvermögen vollständig auszumessen und die unübersteigbare Grenze unsers Wissens genau zu bezeichnen. Er las in seinen academischen Jahren Montaigne's Versuche und konnte viele Stellen daraus auswendig. Pope, Hume, Hutcheson waren seine Lieblingsautoren [21]). Daß er gerne satyrische Meisterstücke las, ist schon oben erwähnt worden. In spätern Jahren las er auch medicinische Schriften und war dem Brownischen System vor andern zugethan. Am liebsten las er Reisebeschreibungen —

---

[21] „Pope, Hume, Hutcheson" mit Bleistift durchstrichen und am Rande: Die originalsten Autoren, wie paradox sie auch sein mochten, waren u. s. w. Daher nahm er selbst den Moscati, der den aufrechten Gang des Menschen als Quelle vieler Krankheiten und mithin als nicht naturgemäß vorstellte, in einer Recension in Schutz. Denken und wo möglich immer was Neues, die gewöhnlichen Begriffe überflügelndes Denken war für seinen regen Geist Bedürfniß. Daher seine Liebe für alle, wenn auch noch so paradoxen Schriften. K.

selten philosophische Schriften, selbst die nicht, welche für oder wider ihn geschrieben waren.

Seine Bibliothek war unbedeutend*). Sie bestand bei seinem Tode (viele kleine Brochüren mitgerechnet) nur aus 500 Bänden. Unter den ältern Büchern sind die meisten physischen und mathematischen Inhalts; die meisten neuern gehören in das Gebiet der Philosophie. Wahrscheinlich hat er sie von ihren Verfassern zum Geschenk erhalten. Er pflegte im Scherze zu sagen: „Die Kunst zu schreiben hat das Gedächtniß zu Grunde gerichtet, und fremde Bücher würden besser als eigene genutzt ²²). Er bedurfte auch wahrlich bei seiner Art zu lesen und zu denken keine zahlreiche Büchersammlung ²³). Er wählte ja überall seinen eigenen Gang. Die Operationen seiner Vernunft schränkten sich auf Kritik und Speculation ein. Er ließ sich's auch sehr angelegen sein, die Produkte seiner Speculation auf die positiven Wissenschaften und das gemeine Leben anzuwenden. Er gefiel sich besonders in seinen Reflexionen über Pädagogik, Politik, Staatsrecht und Theologie. Allein damit gelang es ihm nicht, da ihm die besten Kenntnisse biblischer Philologie und Kritik abgingen ²⁴).

Die Redekunst achtete er nicht und hielt daher höchst selten, und so viel ich weiß, blos bei seinen Disputationen und bei der Niederlegung des Rectorats, öffentliche Reden. Ja, als ihn einige Curländer 1759 ersuchten, Vorlesungen über den deutschen Stil zu halten, übertrug er dies Geschäft einem jüngern gelehrten Freunde (Borowski). Er hat sich auch selbst nie den klaren und lebhaften Stil zugetraut, den, wie er meinte, Recensionen haben müßten und daher gewiß nur Eine, übrigens vortreffliche Recension der (fatalistischen)

---

*) „Er las ungemein viel, besonders physikalische, historische und anthropologische Schriften, am meisten Reisebeschreibungen, wie er sie roh, aus dem Buchladen sich holen ließ".   Pörschke.

Spätere Anmerkung in Wald's Rede vom 22. Apr. 1825.

22) Kant's Gedächtniß war unglaublich groß. Nie machte er sich Excerpte, sondern verließ sich blos auf seinen Kopf.   K.

23) Kant las unbändig viel, nämlich ungebunden aus dem Buchladen. Daher wohnte er lange Jahre bei Kanter's, wo jetzt Göbels und Unger's Laden ist, um nur an der Quelle aller neuesten Bücher zu sein.   K.

24) Er philosophirte über Theologie und damit gelang es ihm sehr gut. War das, worüber er philosophirte, nicht unsere Theologie, sondern was anders, so wird doch wohl seine Philosophie darüber ihren großen Werth behalten, so wie manche Recension lebt, während das recensirte Buch vergessen ist, wie z. E. in den Litteraturbriefen von Lessing und Mendelssohn dies der Fall ist.   K.

Moral des vormaligen Gielsdorfschen Predigers Schulz in ein hiesiges gelehrtes Blatt, auf dringendes Bitten des Verlegers, geliefert²⁵). Ob er für die ersten Jahrgänge der Allg. L. Z. Recensionen gefertigt habe, ist ungewiß; wenigstens versichert einer seiner vertrautesten Freunde, der auch an jener Zeitung arbeitete, daß ihm Kant's Antheil an dieser Zeitschrift sehr problematisch sei.

Auch Verse machte Kant und seine Epicedien auf Langhansen und Kowalewski²⁶) waren die besten unter allen, die seine damaligen Collegen verfertigt hatten. Unter den ältern Dichtern schätzte er Lucrez, Horaz und Juvenal, unter den neuern Haller und Bürger.

Er correspondirte mit Sulzer und Lambert. Besonders bekam er in den letzten Jahren von sehr vielen Orten Briefe, womit er aber höchst unzufrieden war. Er beantwortete die wenigsten und äußerte zuweilen, daß ihm seine Celebrität viel Leiden verursache.

Welche Felder der Gelehrsamkeit er als akademischer Lehrer bearbeitet habe, ist schon in seiner Lebensgeschichte erwähnt worden. Hier bemerke ich nur, daß er die Logik zuerst über Baumeistern, nachher über Meiern, die Metaphysik anfangs nach Baumeistern, dann nach Baumgarten, die Physik aber über Eberhard's Naturlehre zu lesen pflegte. Die Compendien brauchte er nur pro forma. Er folgte in seinem Vortrage, wie überall, seinem eignen Gedankenwege. Daß er auch der hiesigen Judenschaft privatissime über Metaphysik und die schwersten Stellen des Talmud gelesen habe, ist eine Unwahrheit, die nicht einmal glücklich in Kant's Charakter erdichtet ist. Er hielt so wenig auf den Talmud, daß er wahrscheinlich einen an ihn gebrachten Auftrag dieser Art mit dem heftigsten Unwillen²⁷) abgewiesen haben würde. Uebrigens las er in den ersten Jahren seines akademischen

---

25) In der hiesigen Zeitung hat er noch geliefert eine Recension über Moscati's Schrift den aufrechten Gang des Menschen betreffend, ferner zur Zeit des Basedowschen Philanthropins über einige dahin einschlagende Schriften†). K.
26) und Christiani. K.
27) „heftigsten Unwillen" mit Bleistift unterstrichen und ad marg.: „oder lustigem Scherz". K.
cons. Gr.

---

†) Da wir keinen Grund haben, die Richtigkeit von Kraus' Angaben zu bezweifeln, so theilen wir in einem Anhange diese Recensionen als Supplemente zu den Gesammtausgaben der Werke Kant's mit. D. H.

Lebens sowol in den Vor- als Nachmittagsstunden; späterhin nur Vormittags 2—3 Collegia, diese aber mit musterhaftem Fleiße und anhaltender Pünktlichkeit. So las er Sommer und Winter unausgesetzt um 7 Uhr sein Publikum.

Im siebenjährigen Kriege hielt er den russischen Officieren und nachher den preußischen, namentlich denen vom Dragoner-Regiment v. Meyer Privatvorlesungen.

Sein Vortrag war ein unterhaltender Discurs. Scherz, Witz und Laune standen ihm zu Gebote. Mit eben dem Geiste, mit dem er Leibnitz, Wolf, Baumgarten, Crusius, Hume prüfte, und die Naturgesetze Keppler's und Newton's verfolgte, nahm er auch die neuen Schriften Rousseau's, seinen Emil und seine Heloise, so wie jede ihm bekannt gewordene Naturentdeckung auf, würdigte sie und kam immer zurück auf unbefangene Kenntniß der Natur und auf moralischen Werth des Menschen. Menschen, Völker, Naturgeschichte, Naturlehre, Mathematik und Erfahrung waren die Quellen, aus denen er seinen Vortrag und Umgang belebte; nichts Wissenswürdiges war ihm gleichgültig [28]). Keine Sekte, kein Vorurtheil, kein Namenehrgeiz hatte je für ihn den mindesten Reiz gegen die Erweiterung und Aufhellung der Wahrheit. Er munterte auf und zwang angenehm zum Selbstdenken (cf. Herder Briefe zur Beförderung der Humanität). Daher hatte sich unter den Studirenden der Wahn verbreitet, daß seine Vorlesungen schwer zu fassen wären, und viele fingen ihren Cursum bei ihm an mit der physischen Geographie und Moral.

Er liebte unter seinen Zuhörern vorzüglich einen Joh. Friedr. von Funk und ließ nach dessen Tode — er starb nämlich auf der Akademie 1760 — ein Trostschreiben an dessen Mutter drucken. Er erinnerte sich auch noch in spätern Jahren mit Vergnügen eines Polen Orsetti, der im Sommer seine Güter bewirthschaftete und im Winter nach Königsberg kam, um ihn zu hören. Daß der Geheime Rath

---

28) In dem jedesmaligen halbjährigen Meßcatalog strich er sich, so wie er ihn bekam, fast alle Reisebeschreibungen chemische und physische und andere Schriften, die von Seiten der Verfasser etwas Lehrreiches erwarten ließen, an, und so las er nun alles der Reihe nach durch und war gewöhnlich lange vor Ausgebung des neuen Catalogs, mit dem er es ebenso machte, fertig. Bei seinem Schreiben hatte er immer ein neues ungebundenes Buch neben sich liegen, in welches er, wenn der Geist ermüdete, von Zeit zu Zeit hineinsah, um sich wieder zum Meditiren und Schreiben zu erholen. K.

v. **Hippel** sein von ihm besonders ausgezeichneter Zuhörer*) und in der Folge sein vieljähriger Tischgenosse und intimster Freund wurde, daß v. **Hippel** viele Ideen, ehe sie noch Kant in seinen Schriften äußerte, in seine anonymen Producte verwebte, daß Kant daher für den Verfasser manches Hippelschen Aufsatzes gehalten wurde, ist bekannt. Flemming wollte sogar 1796 aus Kant's Schriften demonstriren, daß dieser das Ehebuch²⁹) verfaßt haben müsse. Er selbst tadelte Keinen, der sich aus seinen Vorträgen Ideen aneignete. Er nannte diese sogar öffentlich eine zu Kauf gestellte Waare, die er feilbiete und die Jeder benutzen könne, ohne auf den Fabrikanten Rücksicht zu nehmen. — Zu seinen spätern Zuhörern gehörte Marcus Herz und Kiesewetter in Berlin und unsere hiesigen geschätzten Collegen **Kraus, Pörschke** und **Gensichen**³⁰). Zu seiner Charakteristik als Professor füge ich noch die Bemerkung hinzu, daß er, weder als Decanus scharf examinirte, noch als Rector strenge war³¹). Er gestattete den Studenten eine anständige Freiheit und äußerte bei der Gelegenheit einmal: „Bäume, wenn sie im Freien stehen und im Wachsthume begriffen sind, gedeihen besser und tragen einst herrlichere Früchte, als wenn sie durch Künsteleien, Treibhäuser und confiscirte Formen dazu gebracht werden sollen".

Seine Laufbahn als Schriftsteller begann er mit einem mathematischen Werke. Es ist die Abhandlung „über die Schätzung der lebendigen Kräfte", die er im 22. Jahre seines Alters herausgab (1746) und dem Professor der Medicin Dr. **Bohlius** dedicirte. Seine „allgemeine Naturgeschichte und Theorie des Himmels" enthielt manche neue Ideen, auf welche **Lambert** später oder zu gleicher Zeit

*) „Man behauptet fast allgemein, Hippel sei kein Zuhörer Kant's gewesen".
               Pörschke.
 Spätere Anmerkung in Wald's Rede vom 22. April 1825.
 29) „Ehebuch" mit Bleistift ausgestrichen und ad marg.: Buch über die Ehe.   K.
 30) Die Namen „Kraus, Pörschke und Gensichen" sind von Kraus ausgestrichen und die Worte „und unsere" in „und einige unserer" verändert.
 31) Diese Stelle finde ich in mehrer Rücksicht bedenklich.   Gr.
 Wenn er als Decan nicht scharf examinirte, so war es, weil ihm das ganze Geschäft höchst zuwider war und einem solchen Geiste bei seinen Arbeiten zuwider sein mußte. Das Rectorat war ihm vollends fatal bei so manchen Exempeln von Unredlichkeit, die er im officio rectorali kennen lernte. Aber Züge von Unredlichkeit und Unsittlichkeit waren ihm äußerst verhaßt. K.

mit ihm gerathen war. Zwar ließ ihm dieser Gerechtigkeit widerfahren und verlangte nur vorläufige gegenseitige Mittheilung der abzuhandelnden Materien. Kant lehnte jedoch diese Zumuthung mit der ihm eigenen Bescheidenheit ab. Merkwürdig ist es, daß viele Kantische Hypothesen in der Folge durch Herschel's Beobachtungen bestätigt wurden. Daß sein Hauptwerk, die „Kritik der reinen Vernunft" 1781, sein letztes, die „Anthropologie" 1798 erschien, berühre ich nur. Daß er nicht eher zur Geistesarbeit unfähig wurde, als bis er sein Geschäft — das Gebiet der Vernunft zu erforschen — vollendet hatte, war unser Trost an seinem Grabe.

Was er schrieb, hat wenigstens Eine interessante Seite. Alle seine Aufsätze tragen das Gepräge der Originalität und des Scharfsinns. Schon in den frühern Schriften zeigte sich ein rastloser und mit dem damaligen Zustande der Wissenschaften unzufriedener Geist. Zwar dankbar und mit Achtung gegen die Verdienste wahrhaft großer Männer erfüllt, machte er sich die von ihnen errungenen Früchte zu eigen, aber mit einem prüfenden Auge durchschaute er zugleich das ganze vor ihm liegende Feld, er prüfte die Stärke und Schwäche der aufgeführten Systeme, drang auf die Grundlegungen derselben und entdeckte überall Lücken und Gebrechen, wo man schon auf Vollendung und Felsenfestigkeit trotzen zu können rühmte. Hierüber gerieth denn sein forschender Geist in eine Unruhe und Verlegenheit, welche gegen den mit mathematischer Evidenz stolzirenden Dogmatismus auf der einen und den alle Wissenschaften zerstörenden Skepticismus auf der andern Seite ungemein absticht. (cf. Tieftrunk's Vorrede [scil. zu Immanuel Kant's vermischten Schriften] Pag. XIII.)

Es ist und bleibt wenigstens ein außerordentliches Phänomen, daß die schriftstellerische Laufbahn dieses einzigen Mannes über 50 Jahre lang und daß die ersten seiner Schriften nicht minder die Spuren einer männlichen Reife als die letzte jugendliche Munterkeit zeigen.

Classificiren wir sie, die Kantischen Schriften, nach ihrem Umfange, so hat er 21 größere Werke, 4 Disputationen, 32 Programme und Aufsätze in Intelligenzblättern und Journalen, ein paar Recensionen, einige Briefe und 3 Vorreden oder Empfehlungen fremder Werke, und also überhaupt an 70 Aufsätze hinterlassen, von welchen einige zweimal, die Kritik der reinen Vernunft aber viermal, aufgelegt, manche auch nachgedruckt und in fremde Sprachen übersetzt worden sind. In Hinsicht der Materie läßt sich diese Schriften-Masse in folgender Art übersehen: 37 sind philosophischen, 14 mathematischen und physischen, 2 historischen, 3 medicinischen, 14 vermischten Inhalts. Zu den ersten rechne ich auch die Träume eines Geisterjehers — Swedenborg; die von andern mit oder wider seinen Willen aus seinen Heften herausgegebenen Schriften übergehe ich hier. Kant blieb bis zum Jahre 1763 im Auslande unbekannt. Erst durch seine Preisschrift über die Evidenz erhielt er auswärts Ruf [32])!

Die Dunkelheit und Schwerfälligkeit seiner Schreibart läßt sich am besten daher erklären, daß er von dem Gesichtspunkte ausging: er schreibe eigentlich für Denker von Profession und diesen gewähre eine bestimmte Kunstsprache den Vortheil der Kürze. Er äußerte auch zuweilen, daß es der Eitelkeit der Leser schmeichle, hin und wieder auf Dunkelheiten und Mißverständnisse zu stoßen, die sie durch ihren Scharfsinn lösen könnten.

So häufig auch seine spätere Schriften gelesen wurden, so rechnete er doch nur auf ein mittelmäßiges Honorarium, und freute sich vielmehr, daß er wieder etwas zur Erleuchtung seiner Zeitgenossen beitragen könne [33]).

32) Eigentlich hat ihn Mendelsohn in den Literaturbriefen zuerst „in das Publikum eingeführt" durch die Recension über seine 2 Schriften 1) über das Daseyn Gottes, und 2) über die falsche Spitzfindigkeit der syllogistischen Figuren. Die unterstrichenen sind Kant's eigene Worte, die er mir einmal sagte, als ich mit ihm von dem alten Hamann sprach, mit dem es derselbe Fall war. Den Preis über die Frage von der Evidenz in der Metaphysik erhielt nicht Kant, sondern Mendelsohn. Kant bekam das Accessit. Sulzer schrieb an Kant, er würde es wohl nicht übel nehmen, daß man dem jungen Mendelsohn zu dessen Aufmunterung den Preis gegeben, obgleich er (Kant) ihn wohl eher verdiente. K.

33) Er forderte gar kein Honorar für seine Kritik. Hartknoch gab ihm von selbst vier Thaler p. Bogen und Kant sah es als ein Geschenk an, daß Hartknoch ihm jede Auflage besonders bezahlte. Dem verstorbenen Hartung hatte er das Werk angeboten, aber der wollte sich nicht damit befassen, da Kant ihm ganz treuherzig gesagt, er wisse nicht, ob er (Hartung) zu seinen Kosten kommen würde. Die Critik ist dem Minister Zedlitz dedicirt. Nur bei der spätern Schrift über den ewigen Frieden erklärte er geradezu: unter 200 Thlrn. wolle er sie nicht geben. Die Ursache war, weil R — †) eine Art von Anrecht auf die Kantischen Schriften zu haben irgend wie geäußert hatte und Kant darüber unzufrieden war. K.

†) Nicolovius.   D. H.

Mit Dedicationen war er sparsam. Die einzige Dedication in seinen spätern Schriften findet man im Streite der Facultäten. Er hat dies Werkchen dem Dr. Stäudlin in Göttingen gewidmet. Endlich zur Hauptsache, Kant's Verdienste um die Philosophie! Sein System hier vollständig darzustellen, erlaubt mir weder die Zeit, noch die Schwierigkeit der Sache selbst. Schwierig ists und bleibts, wegen der innern Beschaffenheit des Systems selbst, wegen der neuen Kunstsprache, welche in dasselbe eingeführt ist, und ohne welche es nicht unverfälscht dargestellt werden kann, wegen der wirklich neuen Begriffe oder neuen Unterscheidungen alter Begriffe, welche darin vorkommen und deren man sich stets wieder erinnern muß, wenn man nicht den Philosophen mißverstehen will; endlich wegen der feinen Fäden, durch welche die Sätze dieses Systems zusammenhängen, und die, da sie bei aller ihrer Feinheit, doch niemals reißen, dem System einen desto größern Werth geben, aber auch die Schwierigkeit für den Lehrling, welcher es studiren will, vermehren.

Das Unternehmen scheint zweitens schwierig wegen der Parteien, in welche die philosophische Welt in Absicht des Kantischen Systems getheilt ist, wovon die eine aus enthusiastischen Verehrern — die andere aus erklärten, sogar erbitterten Gegnern desselben besteht, und zwischen welchen der kaltblütige und unparteiische Beurtheiler, der nicht allen Sätzen des Kantischen Lehrgebäudes seine Beistimmung giebt und ihm doch seine Achtung nicht versagt, seinen Platz kaum behaupten kann, weil jede Partei von dem, welcher nicht mit ihr ist, glaubt, daß er wider sie sei. Dazu kommt, daß die Kantische Schule selbst sich in der Folge in neue Parteien theilte. (cf. Garve S. 183. Darstellung u. Beurtheilung des Kantischen Moralsystems.)

Ich begnüge mich daher mit der Bemerkung, daß dies System — insofern es auf seine charakteristische Verschiedenheit von dem Systeme aller andern Philosophen ankommt — auf keine höheren Principien zurückgeführt werden kann als auf die, welche die Kritik der reinen Vernunft vollständig enthält und daß man die beste Darstellung desselben, aus dem Standpunkte des bon sens angesehen, in Garve's Abhandlung über die verschiedenen Principien der Sittenlehre vor dessen Uebersetzung der Ethik des Aristoteles findet. Ist es mir erlaubt, die Darstellung seines ersten Commentators zu benutzen, so kommt es bei der Schätzung der Verdienste Kant's vorzüglich darauf an, daß er alle bisherigen Systeme der Philosophie für Luftgebäude der grübelnden Vernunft erklärte und einen festen Grund zur Metaphysik, als Wissenschaft, dadurch legte, daß er unser ganzes Erkenntnißvermögen genau erforschte und beurtheilte, und die interessantesten Gegenstände: Gott, Freiheit und Unsterblichkeit in das Gebiet der praktischen Vernunft hinwies. Dadurch brachte er eine größere Revolution in der Philosophie zu Stande, als Newton in der Physik vor ihm bewirkt hatte.

Er leitete aber nicht blos Ideen aus Ideen her, sondern combinirte sie auch nach Willkür. Wer das an ihm tadelt, höre wenigstens Garve's scharfsinnige Bemerkung: „Diejenigen, welche mit dem meisten Glücke die höchste Metaphysik bearbeitet und den Beifall der zahlreichsten Schulen erhalten haben, von Plato bis auf Kant sind nicht blos als tiefe Denker, wofür allein die Welt sie gehalten hat, sondern auch als schöne Geister — als Dichter — zu Werke gegangen". Natürlich, daß sich die bloßen Grübler in diesen Gang nicht finden konnten und daß ihn viele seiner Schüler nicht einmal verstanden und wie Beck die ganze Sache zu einem leeren Gedankenspiele herabwürdigten oder wie Fichte und Schelling Idealisten und pansophistische Mystiker wurden [34]).

Daß Kant mit diesen philosophischen Ausgeburten höchst unzufrieden war, bedarf wol keiner Bemerkung. Er schwieg indessen zu diesem Unfuge mit ungewöhnlicher Sanftmuth und erklärte sich nur in Privatgesprächen zuweilen bitter [35]) über Fichte's Undank.

Unter seinen Commentatoren und den Verbreitern seiner Philosophie schätzte er vorzüglich unsern verdienstvollen Mathematiker Schulz, ferner Reinhold, Schütz, Erhard, Kiesewetter, Stäudlin und Villers, der die Kantische Philosophie in Frankreich zu empfehlen suchte. Er scheint indessen damit nicht viel mehr ausgerichtet zu haben, als in England Dr. Willich aus Ermeland und Ritsch aus Littauen. Den Bemühungen des Letztern scheint wol nicht allein der britische Nationalstolz, sondern auch hauptsächlich die Excentricität des kritischen Apostels hinderlich gewesen zu sein [36]).

---

34) NB. Würde diese namentliche Nennung dieser Herren, wenn die Rede etwa gedruckt werden sollte, nicht zu bitter sein?   Gr.

35) Das Wort „bitter" ist mit Bleistift ausgestrichen und dafür am Rande von Kraus' Hand „ernst" geschrieben.

36) „Excentricität" mit Bleistift ausgestrichen und ad marg.: Die bedrückte Lage dieses jungen enthusiastischen Liebhabers der kritischen Philosophie, der, ohne

Kant nahm von seinen Gegnern wenig Notiz; er las nur selten, was für oder wider ihn geschrieben war. Auf Eberhard und Nicolai war er am meisten unwillig, weil er glaubte, daß sie seine Schriften nicht verstehen wollten. Gegen Eberhard sind seine Prolegomena zum Theil und die neue Entdeckung in der Metaphysik ganz gerichtet. Daß ihn der Altstädtische Rector Weymann in seinen Vorträgen mit Crusiusschen Waffen bestritt, daß ihn Schlettwein 1797 und M. Heynig 1798 öffentlich herausforderten, seine Transscendental-Philosophie entweder fester zu begründen, oder zurückzunehmen, verdient keine Erwähnung. Sonderbar aber ist es, daß die kritische Philosophie auf den katholischen Universitäten mehr Terrain gewann, als auf den protestantischen [37]).

Ueber den Einfluß der kritischen Philosophie auf die Wissenschaften, besonders auf die Theologie, gebührt uns noch kein Urtheil. Der durch sie ausgestreute Samen ist erst im Aufkeimen und die Ernte noch im fernen Prospekt. Sie wird aber auch kommen, die Zeit der Ernte, wenn ruhige Forschung unter der Zucht einer nüchternen Critik über die Sectirerei und die Originalsucht gesiegt und die aus dem anfänglichen Verstehen und Mißverstehen unvermeidlichen Antagonismen den Denker erst mehr ins Gleichgewicht gebracht hat. Auf jeden Fall hat Kant von seinem Lehrstuhle auf das Vaterland und durch seine Schriften auf die philosophische Welt kräftig gewirkt und sich nicht allein in den Herzen seiner Schüler, sondern auch bei auswärtigen Nationen ein immerwährendes Denkmal ächten Ruhmes errichtet.

An ihm ist erfüllt, was Hesiod so wahr, so treffend sang:

Der ist der Erste von allen, der selbst mit seinen Gedanken
Alles umfaßt, das Künftige spähet und Mittel zum Ziele
Wahren dauernden Glücks durch eigene Einsicht erfindet!

Daß ein Mann von solchen Verdiensten auch mit äußern Ehrenbezeigungen erfreut wurde, ist ganz in der Ordnung. Seine Abhandlung über die Evidenz erhielt von der Berliner Akademie 1763 das Accessit, als Moses Mendelssohn den Preis davon trug. Eben dieselbe Akademie nahm ihn in der Folge unter ihre auswärtigen Mitglieder auf und noch im Jahre 1798 ließ ihn die Italienische Aka-

---

Vermögen und Hülfe sich durch eigene Kraft allein zum Lehrer und Ansehen emporheben sollte.   K.

37) weil auf protestantischen jeder Professor der Philosophie Philosoph zu sein wähnt, vollends wenn er schon etwas hat drucken lassen.   K.

demie der Wissenschaften zu Siena durch den Grafen Vargas freundlich einladen, als eines ihrer 20 auswärtigen Mitglieder an ihren Arbeiten Theil zu nehmen. Es soll ihn auch Catharina nach Petersburg an die Akademie der Wissenschaften berufen und das französische National-Institut zum auswärtigen Mitgliede vorgeschlagen haben. Sein Bildniß ist vor dem 20. Bande der Allg. Deutschen Bibliothek, vor dem 39. Bande der neuen Bibliothek der schönen Wissenschaften, von Lips vor dem 1. Bande des Jenaischen Literatur-Repertoriums, wie auch von Bause in Leipzig in Kupfer gestochen worden. Einige Studirende, zum Theil jüdischer Nation ließen ihm zu Ehren eine große goldene Medaille prägen, und an Statt des Honorars überreichen. Sie hatte jedoch nicht seinen Beifall, weil sein Bildniß nicht getroffen und sein Geburtsjahr unrichtig angegeben war. Daß Abramson ohnlängst eine andere Denkmünze auf ihn geprägt und sie mit Zöllner's passender Inschrift: altius volantem arcuit, versehen hat, kann keinem Verehrer Kant's gleichgültig sein. Wäre nur sein Kopf richtiger gezeichnet!

Seine Büste von Hagemann, Schadow's würdigem Schüler, ein Beweis der Achtung und Liebe seiner Freunde und Schüler, ermuntern uns, dem großen Lehrer in der Erforschung der Wahrheit, in der rastlosen Thätigkeit für Alles, was gut und edel ist, nachzuahmen. Nie weiche sein Geist von uns und unsern Nachfolgern im Lehramte! Nie trete hier der unglückliche Zeitpunkt ein, daß nur sein Name in den academischen Jahrbüchern prange, seine Lehre aber in Vergessenheit begraben liege!

Freilich kann und wird die Nachwelt auf dem Grunde weiter fortbauen, den seine Architectonik der Vernunft legte. Sie würde aber nur durch einen — quem Deus avertat — philosophischen Vandalismus verleitet werden können, den großen Baumeister zu vergessen, der nach Plato und Aristoteles, Newton und Leibnitz, Wolf und Baumgarten, das Gebiet der Vernunft erforschte, erweiterte, befestigte.

Denn, was ein Kenner ächten Verdienstes in diesen Tagen bei Klopstock's Tode sang, paßt auch auf unsern Philosophen:
    Nie kehrt er wieder zu uns der Edele;
    Doch sein Gedächtniß wird immer mit uns sein,
    Ewig untilgbar mit Flammenzügen lebt,
    Ja, sein Name im Buche der Zeit. — —

Völker entstehen im Laufe der Zeit,
So wie das Blatt welkend dem Baume entfällt.
Aber des Weisen Name ist ewiglich
Und unvergänglich wie die Zeit selbst.

Anhang.

I.

Die Materialien zu Wald's Gedächtnißrede auf Kant nebst den spätern Zusätzen und Beilagen*).

fol. 1. a. Msc.

Curatorial=Verfügung an die Königl. Bibliothek zur Uebernahme der „Kantiana" beschriebenen handschriftlichen und gedruckten Papiere aus dem Nachlaß des Consistorial=Raths Dr. Wald. d. d. Königsberg, 9. Oct. 1828.

fol. 2. a. Msc. 4to.

Für die Bibliothek gewünscht.

fol. 3. a. Msc.

Kantiana. (Titel.)

fol. 4. vacat.
fol. 5 a. Msc.

I. Verzeichniß von Schriften über Kant. lin. 19 sqq. Autogr. Waldii.

Eine allgemeine einleitende Darstellung von Prof. Kant's Grundsätzen über den Menschen, die Welt und die Gottheit, den Gelehrten (welche diese Arbeit für eine undankbare erklärt haben) zur Prüfung vorgelegt von Fr. A. Nitsch, ehemal. Lehrer der lateinischen Sprache und der Mathematik am Collegium Fridericianum zu Königsberg. London, 1796. 8**).

Kant's Leben in einem Briefe eines Freundes an seinen Freund. Altenburg bei Karl Heinrich Richter. 1799.

*) Ich führe die einzelnen Stücke der Kantiana in der Reihenfolge auf, wie sie das denselben beigelegte von mir angefertigte Verzeichniß auf der Königl. und Universitäts=Bibliothek angiebt. D. H.

**) Gerade so führen die von Wald in seiner Rede öfters benutzten Fragmente aus Kant's Leben. Königsberg, 1802. 8. S. 29 den Titel der Schrift von Nitsch an; sie ist jedoch nur englisch erschienen unter dem Titel: A general and introductory View of Professor Kant's Principles concerning Man, the World and the Deity, submitted to the consideration of the learned by F. A. Nitsch. London. Downes 1796. 834. S. 8. cf. N. Allg. d. Bibl. Bd. 31. St. 2. Hft. 7. Kiel 1797. Int.=Bl. Nro. 25. S. 198. 199. Auszug

Character-Züge und interessante Scenen aus dem Leben denkwürdiger Personen gegenwärtiger und verflossener Zeiten. Herausgegeben von Meißner. 1800. im 2ten Bande.
Denina La Prusse litteraire n. a. O. Tom. II. p. 305 bis 307 und im Supplement S. 6.

Einige Nachrichten in Herder's Briefen zur Beförderung der Humanität und in Goldbeck's litterärischen Nachrichten von Preußen.

Tieftrunk's Vorrede zu Kant's gesammelten kleinen Schriften.

Philosophie de Kant, ou principes fondamentaux de la philosophie transcendentale. Par Charles Villers. Metz. 1801.

Fragmente aus Kant's Leben. Ein biographischer Versuch (von Dr. med. Morzfeldt.) Kb. 1802. 8*).

Im Freimüthigen des J. 1804.

Im. Kant's Biographie. Lpz. 1804. 2 Bde. 8. (4 sollens werden.)

Über J. Kant von L. E. Borowski. Kb. 1804. 8.

Ueber J. Kant von R. L. Jachmann. Kb. 1804. 8.

Ueber J. Kant in seinen letzten Lebensjahren von E. A. Ch. Wasianski. Kb. 1804. 8.

Letzte Aeußerungen Kant's, von Hasse. Kb. 8.

(Metzger's) Aeußerungen über Kant, seinen Charakter und seine Meinungen. Kb. 1804. 8.

Ansichten aus Kant's Leben, von Dr. F. Th. Rink. Kb. 1805. 8.

J. Kant, von Fr. Bouterwek. Hamb. 1805. 8.

Dem Andenken Kants — von J. E. A. Grohmann. Berlin. 1804. 8. sind sämmtlich recensirt in der N. A. D. B. CIII. Bd. 2. St. p. 441—474**).

fol. 6—9 Impr. 4.

II. Königsberger Hartungsche Zeitung 18. Stück vom 1. März 1804 (enthält ein Referat über Kant's Leichenbegängniß am 28. Febr.)

aus einem Schreiben aus London vom 17. Febr. 1797. — Allg. Lit.-Ztg. 1796. Int.-Bl. Sp. 945 u. 1800 Int.-Bl. Sp. 905 f. — Schubert a. a. O. S. 125. — Joh. Voigt, das Leben des Prof. Chr. Jac. Kraus. Kgsbrg. 1819. S. 347 u. 354—356.   D. H.

*) Mit dieser sind auch die folgenden Schriften von Wald's Hand zum größten Theil später nachgetragen.   D. H.

**) und zwar von Fr. Nicolai selbst unter der Chiffre Tn. cf. (G. Parthey) „Die Mitarbeiter an Fr. Nicolai's Allgemeiner deutscher Bibliothek nach ihren Namen und Zeichen in zwei Registern geordnet". Ein Beitrag zur deutschen Literaturgeschichte. Berlin, 1842. 4.   D. H.

fol. 10—11 Msc.

III. Numerirte Fragen über Kant nebst den (von Borowski's Hand) beigeschriebenen Antworten.

1. Wen schätzte Kant am meisten:

a) unter seinen Lehrern

Hundert und Mehrere male hat er von seinem Lehrer Heydenreich mit ganz vorzüglicher Achtung gesprochen.

α) im Colleg. Frid.? . Dr. Franz Alb. Schulz war in Kant's Augen Einer der ersten und vorzüglichsten Menschen. Oft hat er sonst — und in hellen Augenblicken seiner letzten Lebensjahre noch den Wunsch geäußert, Schulzen ein Denkmal der Verehrung selbst errichten zu können, oder von Andern errichtet zu sehen. Die Ursachen dieser besondern Verehrung — gelegentlich mündlich.

β) auf der Universität? Den Prof. Martin Knutzen, der es auch sehr werth war, auch den Prof. der Physik Teske. Dem Prof. Medicinä Dr. Bohlius hat er sein erstes Werk, damit er auftrat „von der Schätzung der lebendigen Kräfte" zugeeignet.

b) unter seinen Commilitonen?

Ganz unstrittig den berühmt gewordenen Rhunkenius und nebst diesem den unberühmt gebliebenen Rastenburgschen Rector Cunde, außer diesen den Pf. Freytag in Neuhausen, den er, da er noch Schul-College an der Domschule war, öfters besuchte. Unter seinen academischen Mitlehrern war ihm der Dr. Juris Funck sehr lieb. Mit ihm hatte er wirklich freundschaftlichen Umgang.

c) unter seinen Schülern?
Prof. Kraus, Kiesewetter könnten hier wohl genannt werden, vorzüglich Marcus Herz u. Hofpred. Schultz — auch Gensichen.

d) unter seinen Gegnern?
gewiß Keinen — und am wenigsten Nicolai und den großen Herder. Von den Mehresten nahm er wenige oder

e) unter den Verbreitern seines Systems:
a) in Deutschland?

β) im Auslande, z. E. England, Frankreich?

f) Falsche Jünger, ex. gr. Beck, Fichte. Sein Benehmen gegen sie.

2) Hat Kant außer der Logik, Metaphysik, phys. Geographie, Anthropologie und Physik — noch Collegia gelesen? Und über welche
— Materien?

— Compendien?

Wann hörte er zu lesen auf?

3) Mit wem stand er außer Lambert in ge-

gar keine Notiz. Er las selten nur, was für oder wider ihn geschrieben ward.

Ich habe von ihm selbst ein Verzeichniß der katholischen Universitäten, auf welchen seine Philosophie vorgetragen ward.

Stäudlin in Göttingen galt mehr bei ihm als Andere. Er hat ihm den „Streit der Facultäten" dedicirt; die einzige Dedication in seinen spätern Schriften!

Da hat seine Philosophie nicht Terrain gewonnen. Villers hat in Frankreich nichts ausgerichtet und Nitsch ist in London ausgelacht. Dr. Willich, ein Ermländer, soll einige Kantische Schriften ins Englische übersetzt haben.

Sie rückten sich ja unter einander vor, daß keiner — Kanten verstände.

Ueber Fichte hat er sich bisweilen bitter erklärt. Der Mensch war auch wirklich äußerst undankbar gegen ihn.

Ich habe selbst bei ihm — theoretische Physik im Jahre 1756 gehört. Er hielt auch anfänglich Disputatorien. Auch Moral hat er gelesen.

Ehe er den „Einzig möglichen Beweis des Daseins Gottes" herausgab, las er eine Critik der Beweise für die Existenz Gottes — ein halbes Jahr.

Logik anfänglich über Baumeister, dann über Meier, Metaphysik —— Baumeister, dann Baumgarten, theoret. Physik — über Eberhard's Naturlehre.

Nachmittags las er nur in den ersten Jahren nach seiner Magisterpromotion; späterhin nur 2 Collegia, zuletzt (ich glaube es sind 8 oder 9 Jahr) hörte er ganz auf.

O, er bekam in den letzten Jahren von sehr vielen Orten Briefe, mußte vieles Post-

lehrtem Briefwechsel?

4) Wann wurde er Mitglied der Berliner Akademie der Wissenschaften? Hat er Abhandlungen an sie eingesandt?

5) Hat Kant um Preisaufgaben mitcertirt? — bei welcher gelehrten Gesellschaft?

6) Hat Kant in der Allg. Lit. Ztg. oder sonst wohin Recensionen eingeschickt?

7) War er Mitglied einer geheimen Gesellschaft? oder äußerte er sich in casu, quod non, darüber?

8) Hat er, außer dem Epicedio auf Kowalewski, Verse gemacht?

geld bezahlen — und war sehr unzufrieden darüber. Einmal sagte er mir, daß die Celebrität ein Ding sei, das viel Leiden mache. Eigentlich fortgehende Correspondenz hatte er wohl mit Niemanden.

Ni fallor, bei dem Regierungsantritt Friedrich Wilhelm II., da die Akademie mehrere Deutsche aufnehmen mußte.

Ich glaube nicht — dies war nicht seine Sache; er fand auch außerdem zu Allem, was er schrieb, mehr als einen Verleger; ward NB. mittelmäßig bezahlt aber doch zufrieden.

Er bekam einmal das Accessit bei der Berliner Akademie, etwa im J. 1762, da Moses Mendelssohn den Preis erhielt.

Gewiß, keine Einzige, außer, daß er in die hiesige Kantersche gelehrte Zeitg.*) einmal auf unablässiges Bitten des Verlegers, eine vortreffliche Recension von (des nachmaligen Zopfpredigers) Schulz in Gielsdorf Moral einrücken ließ.

Ganz gewiß nicht.

Mit Widerwillen.

Ich zweifle sehr, daß auch diese Paar Reyhen von ihm sind**) Da bei ihm einmal āo 1759 ein Collegium über deutschen Styl nachgesucht ward, besonders von einigen Kurländern, übertrug ers mir.

Sonst war Lucrez unter den Alten; dann Pope und von deutschen — Haller — ihm

---

*) Ein Irrthum. Die Recens. steht in dem bei Hartung gedruckten „raisonnirenden Bücherverzeichniß" Jahrg. 1788. Nro. 7. S. 97 ff., woraus Borowski selbst in seinem Leben Kant's S. 238—230 sie wieder hat abdrucken lassen. D. H.

**) In seiner „Darstellung des Lebens und Charakters J. Kant's. Königsb. 1804. S. 168" zweifelt Borowski nicht mehr daran. D. H.

Hat er academische Reden gehalten?	Lieblingsdichter. Hume, der Engländer war sonst unstrittig sein sehr geliebter Autor — außer diesem Hutcheson ꝛc. Nur das Compliment bei der Magisterpromotion, das sehr schön lateinisch gefaßt war. Bei der Ablegung des Rectorats muß er doch auch wohl geredet haben.
9) War K. musikalisch? Was hielt er sonst von Musik?	Gewiß nicht. Ich habe nie gehört, daß er Concerten, öffentlichen oder in Privathäusern beigewohnt habe.
Was vom Tanze?	Weis ich nicht, aber ehedem spielte er wohl Karten.
10) Hat hier irgend Jemand ein complettes und classificirtes Verzeichniß der Kantschen Schriften? 11) Wem succedirte er als Prof. Log. & Met. Dr. Kypke oder Knutzen?	Dürfte leicht gemacht werden können. Bis zum Jahre 1792 kann ich es selbst geben. Dem Kypke. — Knutzen ist niemals Ordinarius gewesen. Eigentlich war Buck Kypken's Nachfolger; da aber Langhansen, der Mathematicus, starb, nahm Buck die mathematische Profession und Kant ward excellentissimus Logicus.
12) Wem folgte er in dem Subbibliothecariat?	Dem Hofrath Goraiski. Da war er in einem ganz fremden und ihm widrigen Felde. Rhunken's Biographie müßte wohl, um von Kant's Fleiße im Coll. Frid. Auskunft zu geben, nachgeschlagen werden. Es kommen viel Specialia da vor. Unsern Heilsberg bitte ich, über — Kant's Jugend zu verhören. fol. 12. vacat. fol. 13. a. Msc.

IV. Epist. autogr. Waldii „An des Herrn Prof. Reusch Magnificenz" d. d. 12. Apr. 1804 mit Fragen über Kant nebst den ad marg. geschriebenen Antworten von Reusch's Hand:

Ew. Magnificenz

überreicht mein gegenwärtiger Amanuensis, Packhäuser, dieses Billet und bittet, ihm den Termin gütigst anzuzeigen, wann er anfangen kann, im Convictorio zu speisen? Ich aber erbitte mir aus Ew. Magnificenz Gefälligkeit, zum Behuf meiner Rede, über gelegentlich folgende Fragen ad marginem Auskunft:

1) Wen schätzte Kant unter seinen Lehrern
 a) im Coll. Fridr.
 b) auf der Akademie am meisten?

ad 1. nescio. Vielleicht kann Herr Diac. Wasianski Nachricht geben.

2) Wie lange u. bei wem war er Hofmeister?

ad 2. nescio.

3) Ist die Disp. de principiis cognitionis etc. 1756 seine Disp. pro receptione? Ich vermuthe es, da er a. 1755 promovirte.

ad 3. Die Dissertation: Principiorum primorum cognitionis metaphysicae nova dilucidatio ist den 27. Septbr. 1755 pro receptione vertheidigt.

4) Wann legte er die 2. Bibliothekarstelle auf dem Schlosse nieder?

ad 4. Seinem Dimissions-Gesuch ist p. Rescr. d. d. Berlin, d. 15. May 1772 deferirt. An seine Stelle kam der Cand. Juris Fr. Ernst Jester, welcher den 1. Juli 1772 introducirt worden.

5) Wann hörte er auf zu lesen? Ni fallor a. 1796/7.

ad 5. Im Lections-Catal. pro sem. aest. 1797 heißt es: Logicam, modo per valetudinem seniumque liceat, proponet etc. Kant u. im Catal. pro sem. hib. 1797/8: Ob infirmitatem senilem lectionibus non vacabit etc. Kant.

6) War Kant musikalisch – und was hielt er vom Tanze?

ad 6. Er hat, wenigstens in früheren Jahren, gute Musik gern gehört, wahrscheinlich aber nie selbst ein Instrument gespielt.

7) Mit wem stand er, außer Lambert in Briefwechsel?

ad 7. Wenn die Frage einen fortgesetzten Briefwechsel betrifft, nescio.

8) Wann wurde er Mitgl. der Ak. d. W. in Berlin? Ni fallor, a. 1787/8. durch Minister v. Hertzberg.

ad 8. nescio.

9) Hat er sich über geheime Gesellschaften ausgelassen?

ad 9. Darüber könnte vielleicht in seiner Rechtslehre etwas vorkommen.

10) Hat er, außer dem Epicedio auf Kowalewski Verse gemacht?

ad 10. Auch auf Langhansen, und vielleicht noch einige.

11) In welchen Jahren war er Rector Academiae? und ging er mit der Rectorbegleitung in die Kneiphöfische Kirche mit?

ad 11. 1786. 17×8.

12) Wer besitzt hier ein completes Verzeichniß seiner Schriften? Mit Respect u. wahrer Hochachtung verharre ich
Ew. Magnificenz
gehorsamster Diener
Wald.
R. S. d. 12 April 1804.

ad 12. Die Anzeigen seiner Schriften im 7. Heft der v. Baczko'schen Beschreibung von Königsberg, ist — so weit sie geht — vermuthlich vollständig.

13) Wem succedirte er als Prof. Log. & Met. — Dr. Kypke oder Knutzen?

ad 13. Dem Dr. Buck, der nach des Prof. Mathes. Dr. Langhansen Tode, Prof. Mathes. wurde, und die Professur der Logik und Metaphysik niederlegte, die Kant annahm. Im Lections-Cataloge pro sem. aest. 1770 steht Buck als Prof. Mathes. design. und Kant als Prof. Log. et Metaph. designatus.

14) Wem folgte er in dem Subbibliothecariate?

ad 14. Dem Hofrath und Advocat bey den Ober-Instantien Joh. Barthold Gorraiski, an dessen Stelle er gemäß Rescr. Berlin, d. 14. Febr. 1766 am 9. Apr. ej. a. introducirt worden. fol. 14. Msc.

V. Autogr. Waldii: Fragen über Kant nebst den (von des Prof. math. und Hofprediger Schultz Hand) nebengeschriebenen Antworten:

1) Wen schätzte Kant am meisten:
a) unter seinen Lehrern
  α) im Colleg. Frid.?
  β) auf der Universität?
b) unter seinen Commilitonen?

 So viel ich weiß, den Prof. Ruhnke und den Dr. Trummer, mit dem er sich bis ans Ende duzte.

c) unter seinen Schülern?
d) unter seinen Gegnern? etwa Eberhard, Garve?

 Dies wage ich nicht zu entscheiden, unter den erstern vielleicht Hippel.

 (von Wald's Hand:) — — — sicher auch J. Schultz (cf. Kant's Brief an Schlettwein.)

e) unter den Verbreitern seines Systems
  α) in Deutschland?
  β) im Auslande, z. E.
  England?
  Frankreich?

 Vielleicht Reinhold, Schütz, Erhard, Kiesewetter ꝛc.

f) Falsche Jünger, e. gr. Beck, Fichte.

 Herrn Villers.

Sein Benehmen gegen sie?

2) Hat K. — außer der Logik, Metaphysik, phys. Geographie, Anthropologie und Physik — noch Collegia gelesen und über welche Materien — und Compendien?

 Gerechte Unzufriedenheit, aber ungewöhnliche Sanftmuth.

 Als Magister auch Mathematik, besonders Fortifikation.

Wann hörte er zu lesen auf?

 Etwa 1797, doch weiß ich es nicht ganz gewiß.

3) Mit wem stand er außer Lambert, in gelehrtem Briefwechsel? Sulzer.

Ich weiß weiter Keinen.

4) Wann wurde er Mitglied der Berliner Ak. der Wissensch.?

Etwa 87 oder 88.

Hat er Abhandlungen an sie eingesandt?

5) Hat K. um Preisaufgaben mitcertirt? — bei welcher gelehrten Gesellschaft?

Bey der Berliner Academie erhielt seine Abhandlung über die Evidenz in der Metaphysik das Accessit 1763.

6) Hat K. in die A. L. Z. oder sonst wohin Recensionen eingeschickt?

In der A. L. Z. anfangs, aber nur wenige.

7) War er Mitglied einer geheimen Gesellschaft? — oder äußerte er sich in casu, quod non, darüber?

So viel ich weiß, Nein!

8) Hat er, außer dem Epicedio auf Kowalewski, Verse gemacht? — akademische Reden gehalten?

Ich wenigstens weiß weiter von keinem mehr.

Nein! außer bei Niederlegung des Rectorats.

9) War K. musikalisch? Was hielt er sonst von Musik? Tanz?

Dies weiß ich nicht genau genug.

10) Hat hier irgend jemand ein complettes und classificirtes Verzeichniß d. Kantschen Schriften?

Ist mir nicht bekannt.

11) Läßt sich Kant's System — in wie weit es ganz von allen andern abgeht — auf einige Grundprincipien reduciren? u. welche sind dieß?

Nach meiner Einsicht auf keine höhere, als die schon seine Kritik der reinen Vernunft vollständig enthält.

fol. 15 a. Msc.

VI a. Epist. autogr. Wannowskii an „des Herrn Consistorial-Rath Dr. Wald Hochwürden" d. d. Königsb. 14. April 1804.

Ew. Hochwürden übergiebt dieses Billet der Studiosus Astmann. Auf Ew. Hochwürden Zeugniß von Facultätswegen hat ihn die K. Kr.- u. Dom. Cammer als reif anerkannt, des ist er froh!

Was Sie hier fußkranker Herr College, (es ist doch nicht das böse Zipperlein, welches mich in diesem Winter am lingen [sic] Fuß das geplagt hat) von mir erhalten, ist wohl wenig, und kaum irgend etwas zum öffentlichen Gebrauch tauglich. Indessen nehmen Sie mit meinem guten Willen vorlieb. Ich danke Ihnen aufrichtig und verbindlichst, daß Sie mir Veranlassung gegeben haben, Kant's Andenken in meinem Herzen zu erneuern, dessen Scharfsinn ich bewunderte und dessen Charakter ich mit Hochachtung verehre. Doch warum etwas von mir?

Mit herzlichem Anwunsch einer baldigen Genesung für Ihren kranken Fuß habe ich die Ehre mit ausgezeichneter Hochachtung stets zu verbleiben Ew. Hochwürden

ganz ergebener Diener
Wannowski.

Königsberg, den 14. April 1804.

fol. 16—17 a. Msc.

VI. b. Autogr. Wannowskii d. d. Königsberg, 14. Apr. 1804 enthaltend numerirte Antworten auf Kant betreffende Fragen:

ad 1. a. α. Es war ein Lehrer im Colleg. Frid., den er vorzüglich rühmte, der gelegentlich bey der Lection mancherley Kenntnisse und richtige Begriffe seinen Schülern beibrachte. K. nannte mir auch einmal seinen Namen, den ich aber leider vergessen habe.

β. Welchen von seinen academischen Lehrern K. am meisten schätzte, weiß ich nicht, aber unter seinen frühern Collegen hielt er den meisten Umgang mit dem zu früh verstorbenen Dr. Juris Funk und Herrn Professor Kypke, dem jüngeren. Er schätzte auch den rechtschaffenen Charakter und die große Gelehrsamkeit des K. R. und Dr. Th. Lilienthal sehr hoch, so weit er auch in seinen Meinungen von ihm abging.

c. Unter seinen Schülern waren ihm vorzüglich werth v. Funk, nach dessen Tode — er starb als Student in Königsberg —

K. ein Trostschreiben an seine Mutter ergehen ließ, welches Herr Dr. Rink in der Sammlung kleiner Schriften von K. aufs neue hat abdrucken lassen. Vielfältig hat er auch gegen mich gerühmt einen Polen, Herrn v. Orsetti aus Waniewo, der als ein junger Herr im Sommer auf seinen Gütern wirthschaftete, im Winter aber sich in Königsberg aufhielt und sich von Kant, als damahligem Magister privatim, besonders in den mathematischen Wissenschaften unterrichten ließ. Er konnte den Mann bis in sein hohes Alter nicht vergessen. Ob Hr. H.-Pr. Schultz unter seine Auditores zu zählen sey, weiß ich nicht. Er müßte denn bei Kant als Magister Collegia gehört haben, denn als Kant Professor wurde und seine Disp. de mundo sensibili et intelligibili schrieb, war jener schon Prediger in Löwenhagen, von wo aus er eine Recension dieser Disputation in die damahlige Kantersche Zeitung unter die gelehrten Artikel einrücken ließ. Hippel war sein dankbarster Schüler, und nachgehends sein intimster Freund.

d. Unter seinen Gegnern war er am meisten unwillig auf Eberhard, wider den seine Prolegomena zum Theil und die Abhandlung über die neue Entdeckung in der Metaphysik ganz gerichtet sind, und Herrn Nicolai — von welchen beyden er behauptet: daß sie seine Schriften nicht verstehen wollten — also —

e. β. in England hat Herr Nitsch mit dem Ausbreiten der kritischen Philosophie kein Glück gemacht.

f. Unter die falschesten Jünger Kant's ist wohl Herr Schelling zu rechnen, der sich zum Gegner von Kant aufwirft, im Grunde aber nur dessen philosophische Sätze — ich weiß nicht wie ich sagen soll: vermysticisirt [sic], oder ver-pansophistisirt.

2) Kant wurde eigentlich zum Professor Matheseos ernannt — er tauschte aber mit dem Professor Buck, ließ diesem die Mathematik, und blieb bei der Professur der Logik und Metaphysik.

Er hat viele rußische Officiere in der Mathematik — während des siebenjährigen Krieges privatim unterrichtet.

Auf Fortification und überhaupt Architectura militaris und Pyrotechnie war er sehr aufmerksam. Er hat mir ein paar mahl zu erklären versucht, was der globe oder wohl die Globes de Compression wären, aber leider in diesem Fach und Fall einen ungelehrigen Schüler an mir gefunden.

Außer den benannten Collegien hat Kant noch öfters die Moralphilosophie, auch natürliche oder Vernunfttheologie gelesen. Ob er als Magister über mathematische Wissenschaften öffentliche Vorlesungen gehalten, ist mir unbekannt, und eben so wenig, ob er so gleich oder nach einiger Zeit seine Professur mit dem seeligen Buck tauschte.

In Ansehung der Materien und Compendien. Er las mehrentheils über die Baumgartschen Compendia, dann auch über Meyersche — ob er etwa anfänglich Knutzen's Logik mag zum Grunde gelegt haben, ist mir unbekannt. — Ueberhaupt ging er — wie bekannt — stets seinen eigenen Gedankengang, und die zum Grunde gelegten Compendia brauchte er nur so pro forma und nicht als Canon.

ad 3. Kant hat an viele Gelehrte nolens volens einzelne Briefe zur Antwort geschrieben — doch außer Lambert stand er auch in Correspondenz mit dem vortrefflichen Sulzer.

ad 4. Abhandlungen an die Akademie der Wissenschaften in Berlin wird wohl K. nicht eingesandt haben. Denn er war, so viel ich weiß, bloß ein Ehrenmitglied derselben.

ad 6. Er muß wohl bisweilen auch in die Kantersche gelehrte Zeitung etwas haben einrücken lassen, doch will ich es nicht für gewiß behaupten; das aber weiß ich gewiß, daß die Anzeige des Gilsdorfer Schulz (fatalistischer) Moral in dem durch Hartung veranstalteten raisonnirenden Bücher-Verzeichniß von Prof. Kant herrührt.

ad 7. lächelte er bisweilen und scherzte darüber*).

ad 8. Verse machte er wohl nicht, aber er liebte sie ungemein: deutsche besonders aus Haller und Bürger und lateinische, besonders aus dem Horaz und Juvenal, hat er mir selber in seiner Stube öfters und mit vieler Lebhaftigkeit vorperorirt.

ad 9. Musikalisch muß er nicht gewesen sein. Doch mochte er gern eine gute Musik hören. — Hier ein klein Anekdötchen. Als die hiesige Judenschaft wegen des Todes des Moses Mendelsohn eine Trauermusik aufführte, so beredete ihn Hippel mit hineinzukommen. Aber Kanten hat sie gar nicht gefallen. Sein Grund dazu war: es war von Anfang bis zu Ende lauter Trauer- und Klageton. Das ist nichts, sagte er mit entscheidendem Ton. Eine Trauermusik

*) über geheime Gesellschaften. D. H.

muß sich freylich traurig anfangen, aber zuletzt munter und belebend werden, und das Gemüth nicht beängstigen. — Ueberhaupt behauptete er, daß die Musik die Menschen weichlich mache.

ad 10. liegt ein besonderes chronologisches Verzeichniß von Kant's gedruckten Schriften.

ad 11. Dazu*) würde eine kleine Abhandlung gehören, die ich als bloßer Dilettant in der Philosophie anzufertigen mich nicht getraue.

            Wannowski.
            Königsb. den 14. April 1804.

    fol. 18. b. Msc.

VI. c. Autogr. Wannowskii: Adresse an Wald.

    fol. 19. b. Msc.

Autogr. Waldii: Adresse an Reusch (v. fol. 13. a.)

    fol. 20. a. Msc.

VII. Epist. autogr. Waldii „An des Herrn Hofpred. u. Prof. Mathes. Schultz Hochwürden" d. d. 15. Apr. 1804 mit noch einigen Fragen über Kant nebst den beigeschriebenen Antworten von Schultz's Hand an: „Herrn Conf.-Rath Wald Hochwürden:"

Ew. Hochwürden danke ich ergebenst für die gefällige Beantwortung meiner Fragen über Kant. Erlauben Sie mir aber noch folgende 2:

1) Haben Sie selbst bei Kanten — als er noch Privatdocent war — Collegia gehört?

Niemals, außer einer einzigen Stunde als Hospes in der physischen Geographie.

2) quo anno traten Sie, an Kant's Stelle — in den acad. Senat?

Ich bin nicht an Kant's, sondern des abdankenden Herrn Prof. Kraus Stelle in den Senat getreten. An Kant's Stelle trat nach mir Herr Conf.-R. Hasse gegen Ende des Jahres 1801 in den Senat.

Mit vorzüglicher Hochachtung habe ich die Ehre zu verharren
      E. Hochwürden
        treuverbundenster Diener u. College
          Wald.
            d. 15. Apr. 1804.

---

*) Kant's System auf einige Grundprincipien zu reduciren. D. H.

fol. 21—22. a. Msc.

VIII. Autogr. Waldii: Verzeichniß der Lehrer des Coll. Frid. während der Schulzeit Kant's von 1732—1740 und desgl. der Commilitonen Kant's in den oberen Klassen; nebst Bemerkungen ad marg. und Dankesworten am Ende bei Zurücksendung der Liste an Wald von B(orowski)'s Hand:

Kant frequentirte das Coll. Frid. in den Jahren 1732—40 (Michael 1740 wurde er dimittirt.) Das Coll. hatte in diesem Zeitraum folgende Vorsteher und Lehrer:
1) Dr. Franz Alb. Schulß, Dir.
2) Christian Schiffert, Insp.
3) Joach. Ernst Strobel, 2. Insp.
4) Prediger: Steinkopf — nachher Dr. Rau.
5) Lehrer der obern Classen:
Theol. I. Mich. Theod. Ragel,
nachher Joh. Phil. Wilden.
Theol. II. Stephan Schulß.
Lat. I. Joh. Fried. Heydenreich,   Dieser war Kant's
nachher Joh. Christian Fuhrmann,   verehrtester Lehrer.
nachmals Pf. im Hospital.
Lat. II. sup. Ge. Daniel Fischer.
— inf. Joh. Ge. Krynß.
Graeca I. Stephan Schulß,
nachher Joh. Phil. Wilden.
Graeca II. idem.
Hebr. I. Stephan Schulß,
nachher Matthias Rogowski.
Hebr. II. Dav. Kurcinna.
Hist. I. Joh. Phil. Wilden.
Geogr. repet. Joh. Christoph Schelß
nachher M. Rogowski.
Math. I. Dav. Kurcinna,
nachher Ernst Ludw. Siehr.
Philosoph. Andr. Christian Euchlovius,
nachher Ge. Christian Hein.
Arithm. I. Wilh. Strodski.
Gall. I. Joh. Phil. Wilden.

Kant's Commilitonen in den obern Classen:
1) Michael 1739 w. dimittirt:
Arndt.
Heerdan.
Christ.
Leu.
Zeidler.
Becker.

An keinen von Allen diesen hab ich ihn je denken gehört.

2) Ostern 1740 w. d.
Wessel.
Barre.
Kowalewski.
Volprecht.
Kypke I.
— II.

welcher von beiden ist der nachmalige Prof. L. L. O. O.?

Ich denke Keiner. Der Theol. u. Logiker war schon 1732 Prof. Der Orient. Prof. hat (meines Wissens) nie in Kgb. eine Schule frequentirt, war auch schon 1744 Magister legens in Halle.

Klein.
Austin.
Gömer.

3) Zu Michael 1740 waren noch in
Prima:
Porsch, (Pf. auf dem Haberb.)
Kant.
Maraun.
Beggeron.
Schimmelpfennig.
Trummer, nachmals Dr. Med. u. Kant's Dutzbruder.
Simon.
Ruhnke, nachmal. Ruhnkenius in Leyden (Ostern 1741 dimittirt.)
Cunde, nachm. Insp. II. Coll. Fr.
Bauer.
Hummius.
Witte.
Schmidt.

Ein würdiger, sehr lieber Mann.

Auch unser Kr. R. Heilsberg ist es, von welchem auch von Kant's Jugendjahren sehr Vieles zu erfahren wäre.

Tolkemit.
Kurella.
Gerich.
Herrmann.
Fischer.
Wermke.
Dreyer.
Henselin.
Bröker.
Matern.
Haase.
Blank.
Rieger.
Engelbrecht.
Wüsthube.
Hickmann.
Guleke.
Burchardi.
Augustin.
Domhard — nachmal. Oberpräsident?

In den alten Listen des Coll. Frid. sind bei den Schülern weder Vornahmen noch Geburtsort angeführt.

    Danke für die gütige Mittheilung dieser Liste, die mir eine sehr angenehme Stunde gemacht hat. Ich habe, auf die Fragen geantwortet, so gut ich's weiß und konnte. Durch einen Besuch des Hofpr. Abegg ward ich heute (Sonntag Abends) verhindert, Mehreres und Genaueres beizufügen, da ich das kleine Geschäfte gerade für diesen Abend bestimmt hatte. Vielleicht kann ich noch einen kleinen Nachtrag liefern.

    Leben Sie wohl und genesen Sie recht bald. Gerne hätte ich Sie Morgen in der Session gesehen und werde Sie nun sehr vermissen. Auf Morgen und Uebermorgen bin ich mit Amtsgeschäften als Prediger, gar sehr besetzt; sonst käme ich so gerne zu Ihnen.

                      B(orowski).

fol. 23. b. Msc.

Autogr. Waldii et Schultzii: Adresse an Schulz und an Wald. (v. fol. 13. a.)

fol. 24. vacat.

fol. 25. Msc.

IX. a. Epist. autogr. Wannowskii an „des Herrn Consistorial-Rath Dr. Th. Wald Hochwürden" d. d. Königsberg 16. Apr. 1804 mit Adresse an Wald fol. 25 b.

Auf die Auffindung des von Kant gerühmten Lehrers am Collegio Fridericiano muß ich wohl Verzicht thun. Damit ich aber beweise, daß ich die mir von Ew. Hochwürden gütigst mitgetheilten Catalogen der docentium und discentium, die hiebey zurück erfolgen, nicht ganz unaufmerksam durchgeblättert habe, lege ich auf einem besondern Blatt das Verzeichniß des Schulavancements des verewigten, dem Collegio Fridericiano so viel Ehre machenden Kant, hier dienstlich bey, als

Ew. Hochwürden
ganz ergebener Diener
Wannowski.
Königsb., d. 16. April 1804.

fol. 26. a. Msc.

IX. b. Autogr. Wannowskii: Verzeichniß des Schul-Avancements Kant's:

Kandt — al. Kant im Coll. Frider.

1732. b. id est um Michael auf	Lat. V.	in der Ordnung	d.	13.
—33. a. id est um Ostern	—	—	—	2.
—33. b.	—	—	—	1.
—34. a.	—	IV.	—	4.
— — b.	—	—	—	1.
—35. a.	—	Lat. III. sup. —.	—	14.
— — b.	—	(geschrieben mit C. Cant.)	—	8.
—36. a.	—	Kant.	—	1.
— — b.	—	Lat. II. inf. Cant. —	—	8.
—37. a.	—	—	—	2.
— — b.	—	—	—	1.
—38. a.	—	Lat. II. sup. (Cante.)	—	6.
— — b.	—	— (Kant.)	—	1.
—39. a.	—	— Lat. I. (Kandt.)	—	11.

1739. h. id est um Michael auf Lat. I. in der Ordnung der 7.
—40. a. — Ostern — (Candt.) — — 5.
—— h. — — (Candt.) — — 2.
fol. 27. a. Msc.

X. Epist. autogr. Waldii: „An des Herrn Kriegs- und Dom.-
Raths Heilsberg Wohlgebohren" d. d. 16. Apr. 1804 nebst
der ad marg. geschriebenen Antwort von Heilsberg's Hand. d. d.
17. Apr. 1804:
Ew. Wohlgebohren
werden mir über Kant's frühere Jahre gute Auskunft
geben können, da Sie mit ihm Umgang hatten.

Kant war — ni fallor — Hofmeister bei dem
reformirten Prediger Anderſch in Judſchen 3 Jahre,
und bei dem Herrn von Hülſen auf Arnsdorf
1½ Jahre. Da er aber 1740 auf die Akademie
kam und 1755 erſt Magiſter wurde: ſo fragt ſich,
ob er etwa noch bei jemandem andern in Condition
geweſen, oder was er ſonſt hier getrieben habe.

Er meldete ſich zwar einmahl zur Schulcollegen-
Stelle im Kneiphofe, fiel aber durch, und Kanert
ſiegte.

Daß Kant Theologie ſtudirte, iſt doch gewiß?
Ich bitte Ew. Wohlgebohren nur die Antwort an
den Rand dieſes Blattes zu ſchreiben und übrigens
verſichert zu ſein, daß ich ſtäts mit unwandel-
barer Hochachtung verharre

Verzeihen Ew. Wohlgebohren, wenn meine   Ew. Wohlgebohren
Nachrichten nicht ſo prompt erfolgen. Mein   ganz ergebenſter Diener
Gedächtniß hindert mich im Erinnern, und   Wald.
meine böſe Augen, im Schreiben; ich werde   d. 16. Apr 1804.
aber vielleicht noch heute, etwas zuſammen-
ſchreiben, welches gütigſt aufzunehmen bitte.
Heilsberg.
den 17. April 1804.
fol. 28. Msc.

XI. Ein Papierſtreifen — an fol. 29 geflebt — 4 lineae. lin. 1.
autogr. Waldii mit einer Notiz aus Dr. Mortzfeld's Fragmenten
über Kant's jüngeren Bruder Joh. Heinrich.

fol. 29—30. Msc.

XII. Epist. autogr. Heilsbergii an Wald, d. d. 17. Apr. 1804.

Ew. Wohlgebohren können mit gutem Recht, nach dem, viele Zeiten hindurch mit dem seeligen Professor Kant gehabten Umgange, von mir, über die Umstände seiner früheren und späteren Lebens Jahre, Auskunft fordern, wenn mein, durch Alter und Abwechselungen sehr geschwächtes Gedächtniß es zuliesse, mir die Vorgänge jener Zeiten vollständig in Erinnerung zu bringen.

Ich kam ein Jahr später auf die Academie als Kant, ins Hauß des Dr. Kowalewski, in welchem ich sechs Jahre hindurch seinen Unterricht genoß, aber auch bey andern academischen Lehrern collegia zu hören, die Erlaubniß hatte.

Mein erster Bekannter auf der Academie war Studiosus Wlömer, mein Landsmann und Verwandter, welcher vor einigen Jahren als Geheimer Finanz Rath und Justitiarius beym General Directorio starb.

Dieser war ein vertrauter Freund von Kant, wohnte mit ihm viele Zeiten in einer Stube, und empfal mich demselben dermaaßen, daß Kant mir seinen Beystand versprach, mir Bücher gab, die die neuere Philosophie betraffen, und alle collegia, die ich bei denen Professoren Ammon, Knutzen und Teske hörte, wenigstens die schwerste Stellen, mit mir wiederhohlte; Alles geschah aus Freundschaft.

Indessen unterrichtete er mehrere Studenten für eine billige Belohnung, die ein jeder aus freiem Willen gab. Unter andern befand sich mein Verwandter, der Studiosus Laudien, der einzige sehr bemittelte Sohn des Kaplan Laudien aus Tilsit, der ihn nicht nur in Nothfällen unterstützte, sondern auch bei Zusammenkünften zum Unterricht von den Erfrischungen, so stets in Kaffee und weiß Brodt bestanden, die Kosten trug. Der jetzige Krieges Rath Kallenberg in Ragnit, gab ihm, da Wlömer nach Berlin ging, eine freie Wohnung und ansehnliche Unterstützung; Vom seeligen Dr. Trummer, den er auch unterrichtete, hatte er viele Beyhülfe, noch mehr von dem ihm verwandten Fabricanten Richter, der die Kosten der Magister Würde trug. Kant behalff sich sehr sparsam, gantzer Mangel traf ihn nie, obgleich bißweilen, wenn er nothwendig auszugehen hatte, seine Kleidungs Stücke bey denen Handwerkern, sich zur Reparatur befanden; alsdann blieb einer der Schüler, den Tag über in seinem

Quartier, und Kant gieng mit einem gelehnten Rock, Beinkleidern oder Stieffeln aus. Hatte ein Kleidungs Stück gantz ausgedient, so mußte die Gesellschaft zusammenlegen, ohne daß solches berechnet, oder jemals wiedergegeben wurde.

Kant liebte keine Belustigungen, noch weniger Schwärmereien, gewöhnte auch seine Zuhörer unmerklich zu gleicher Gesinnung. Das Billiard Spiel war seine einzige Erholung; Wlömer und ich, waren dabey stets seine Begleiter. Wir hatten die Geschicklichkeit in diesem Spiel beynahe aufs höchste gebracht, giengen selten ohne Gewinn nach Hause; ich habe den französischen Sprachmeister gantz von dieser Einnahme bezalt; Weil aber in der Folge Niemand mehr mit uns spielen wolte; so gaben wir diesen Erwerbs Artickel gantz auf, und wählten das l'ombre Spiel welches Kant gut spielte.

Er hat bey dem reformirten Prediger in Jutschen; bey dem Grafen von Hulsen, imgleichen bey denen Grafen von Keiserling, wovon einer noch in Kurland lebt, dem die Graffschaft Rautenberg gehört, conditionirt, wie lange bei einem oder andern, weiß ich nicht. Die Mutter dieser Graffen war seine große Gönnerin, von welcher er in der feineren Lebens Art manches annahm, obgleich er sonst, in allen Stücken, die Rechtschaffenheit, und Biederheit im Umgange, jenem Gepränge vorzog, und das complimentiren haßte.

Sein liebster Umgang war mit einem Englisch Kauffmannshause dem er in den letzten Jahren, sein gantzes Vermögen zur Disposition gab. Kant hatte eine merkliche Vorliebe gegen die Litthauer, weil er nach seiner Erfarung bemerkt, daß sie wenig oder gar nicht lachten, und zur Satyre Neigungen besäßen. Solche Menschen wären zum praktischen Handeln sehr gut, müssen sich aber nicht mit tieffer Gelehrheit abgeben; weil diese, jene natürliche gute Talente unterdrückte. Auf den ihm gemachten Vorwurff, daß er selbst, wenig oder gar nicht lachte: gestand er diesen Fehler, und fügte hinzu, wie kein Metaphysiker so viel Gutes in der Wellt stiften würde, als Erasmus von Rotterdam, und der berühmte Montagne in Frankreich gestiftet hätten; empfal uns auch die Versuche des letzteren zur beständigen Lecture zu wählen; Er selbst konnte viele Stellen darin auswendig hersagen.

Daß Kant eine Schul Lehrer Stelle in Königsberg gesucht, und nicht erhalten; will mir nicht recht beifallen, es kann in meiner Abwesenheit geschehen seyn. Kant ist nie vorgesetzter Studiosus Theologiae gewesen. Daß man ihn dafür hielt kam daher. Er führte dem Wlömer und mir, unter andern Lehren zum gemeinen Leben und Umgange zu Gemüthe; Man müsse suchen von allen Wissenschaften Kenntnisse zu nehmen, keine auszuschliessen, auch von der Theologie, wenn man dabey auch nicht sein Brodt suchte. Wir Wlömer, Kant und ich entschlossen daher im nechsten halben Jahr, die öffentliche Lese Stunden, des noch im besten Andenken stehenden Consistorial Rath Dr. Schultz, und Recht Pfarrer der Altstadt zu besuchen. Es geschah; wir versäumten keine Stunde, schrieben fleißig nach, wiederholten die Vorträge zu hause, und bestanden beym Examen, welches der würdige Mann oft anstellte unter der Menge von Zuhörern, so gut, daß er beym Schluß der letzten Lese Stunde, uns dreien befahl noch zurückzubleiben; frug uns nach unsern Nahmen, Sprachen Kenntnisse, Collegien Lehrern und Absichten beym studieren. Kant sagte, ein Medicus werden zu wollen.

Wlömer versicherte ein Jurist zu werden, und ich gestand, noch keine völlige Bestimmung zu haben, ich müßte Glück und Gelegenheit abwarten, und wenn alles fehlschlüge, blieb mir ein schwarzer Husaren Pelz noch übrig. Der würdige Mann erwiederte mir: Mein Freund! das sind die Blüthen, welche bald abfallen; warten sie das Ansetzen zur Frucht ab, vielleicht entschliessen Sie anders: Warum hören sie denn Theologica (es war wo ich nicht irre Dogmatik) frug er allen dreien? Kant antwortete: aus Wißbegierde. Das Resultat des großen Mannes war: Wenn dem also ist, so habe ich nichts dagegen einzuwenden; Aber, sollten Sie bis zu ihrer Beförderung, auf andere Gedanken gerathen, und den geistlichen Stand wählen, so melden sie sich mit Zutrauen bei mir; sie sollen die Wahl der Stellen, auf dem Lande und in den Städten haben; Ich kann ihnen das versprechen, und werde, wenn ich lebe mein Wort halten. Hier haben sie meine Hand, und gehen in Frieden.

Ich weiß mich nicht zu entsinnen, daß Kant jemals krank gewesen wäre.

Er war kein großer Verehrer des weiblichen Geschlechts, behauptete auch, daß sie nirgends, als in ihrem Hause, durch häusliche Tugenden, Achtung verdienten; sprach selten von ihrer guten und schlechten Seite. Dem ohngeachtet hielt er den Ehestand für Bedürfniß und nothwendig. Ihm selbst waren die Aufmunterungen zum heirathen sehr zuwieder. Er ging mit Unwillen aus einer Gesellschaft, in welcher ihm auch nur im Scherz dazu Vorschläge geschahen. Indessen verrieth er, soviel ich weiß zweymal in seinem Leben, eine ernsthafte Absicht zum heirathen; einmal traf der Gedanke eine gut gezogene sanfte und schöne auswärtige Wittwe, die hier Anverwandte besuchte. Er leugnete nicht, daß es eine Frau wäre, mit der er gerne leben würde; berechnete Einnahme und Ausgabe; und schob die Entschließung einen Tag nach dem andern auf. Die schöne Wittwe besuchte auch Freunde im Oberlande, und ward daselbst anderweitig verheirathet. Das zweyte mahl, rührte Ihn ein hübsches Westphällisches Mädchen, welche von einer adlichen Dame, die Besitzungen in Preussen hatte, als Reise Gesellschafterin mitgebracht war; Kant war mit dieser artigen, zugleich häuslich erzogenen Person gerne in Gesellschaft; und ließ sichs oft merken, säumte aber wieder so sehr mit seinen Anträgen, daß er sich vornahm einen Besuch bey ihr abzustatten, da sie mit ihrer Gebieterin sich schon an der Westphälischen Grenze befand. Von der Zeit ab wurde nicht mehr an Heyrathen gedacht. Loben mag ich meinen Freund nicht, er war aber ein ausserordentlicher über alles Lob erhabener Mann.

Mehr will mir nicht beyfallen; und versichere stets mit vollkommenster Hochachtung zu verharren

Ew. Wohlgebohren

gehorsamster treuer Diener

Königsberg, den 17. April 1804. Heilsberg.

fol. 31. b. Msc.

Autogr. Waldii et Heilsbergii: Adresse an Heilsberg und desgl. an Wald. (v. fol. 27. a.)

fol. 32. Msc.

XIII. Abschrift der Inhaltsangabe der (von Tieftrunk herausgegebenen) vermischten Schriften Immanuel Kant's. Bd. I—III. 1799.

fol. 33. Msc.

XIV. Autogr. Wannowskii: „Verzeichniß der Kantischen gedruckten Schriften" aus „Meusels gelehrtem Deutschland 4ter Ausgabe de Anno 1783" und Nachtrag.

fol. 34. Msc.

XV. Epist. autogr. Waldii: „An des Herrn Prof. Kraus' Spectabilität." d. d. 15. Apr. 1804 mit Fragen über Kant nebst den ad marg. geschriebenen Antworten von Kraus' Hand.

Ew. Spectabilität

bitte ich ergebenst, mir zum Behufe meiner Rede über Kant, nachstehende Fragen ad marginem gefälligst zu beantworten:

1) quo dato wurde Kant zum Prof. ord. (ni fallor, 1770 und zwar z. Prof. Math.) ernannt? Er tauschte nachher mit D. Buck.

ad 1. In dem Auszuge aus den Facultätsacten steht unter dem semestri 1769/70: Kant wird Professor Ordinarius, so daß Dr. Buck die Profess. math. annimmt und Kant Prof. Logices wird. Ich werde aus dem Tomus actorum quintus, der sich nicht im Kasten, sondern im scrinium befindet, das Datum nachsehen lassen und Ew. Hochwürden zuschicken.

2) Wie oft hat er das Decanat geführt?

ad 2. Zum erstenmahl übernahm Kant das Decanat um Ostern 1776 und hat es sechs mal selbst verwaltet, nehmlich zum letzten mal im Sommer 1791. Sein 7. Decanat im Winter 1794/5 habe ich für ihn, sein 8. im Sommer 1798 hat Mangelsdorff verwaltet. Und da ihn das 9. Decanat für den Winter 1801/2 getroffen hätte, war vorher der Facultätsschluß ihm eröffnet, nach welchem er der Beschwerde überhoben seyn sollte.

3) In welchem Jahre wurde er beständiges Mitglied des akademischen Senates?

ad 3. Im Sommer 1780 an die Stelle des verstorbenen Christiani. In dem Hofrescript vom 11. Aug. 1780 betreffend die Besetzung der Stelle des Christiani heißt es wörtlich: „Wir wollen dem jede Verbesserung so sehr verdienenden Prof. Log. & Met. Kant die vacant gewordene Stelle im academisch. Senat mit den dabey auffommenden Emolumenten a. 27 Thlr. 75 gr. 10 Pf. hiemit conferiren und darin bestätigen!!"

4) Das Rectorat verwaltete er a. 1786 u. 88. Hat es nicht nachher Man-

ad 4. Im Sommer 1796 war das Rectorat zum dritten mal an Kant; u. in den Decanats-Acten finde ich, daß Reusch das

gelsdorf einmahl für ihn geführt? Ich glaube es zwar nicht, wünsche aber Gewißheit hierüber.

5) Wurde er n. 1787 oder 88 Mitglied der Ak. der Wiſſ. in Berlin?

6) Welche Recenſionen lieferte er in die erſten Jahrgänge der A. L. Z.?

7) Läßt ſich Kants Syſtem, inſofern es von allen anderen abgeht, auf einige Grundprincip. reduciren? und welche wären dieß? Die Kritik d. r. V. enthält zwar die Grundzüge der Kantiſchen Philoſoph.; iſt mir aber für meinen Zweck zu weitläuftig.

Rectorat geführt hat, nachdem 1794 im Sommer Mangelsdorff Rector geweſen war. Kant alſo hat nicht das Rectorat für ſich verwalten laſſen, ſondern er hat es, wie Senatsacten ausweiſen müſſen, ganz abgelehnt, und zwar, wie ich nicht zweifle, mit Verzicht auf alle Emolumente.

ad 5. In welchem der beyden Jahre, weiß ich nicht recht, aber das weiß ich, daß er es mit Eberhard und Herder zugleich wurde.

ad 6. Mir iſt nicht bekannt, daß er auch nur eine einzige Recenſion für die A. L. Z. geliefert hat. Er traute ſich den klaren und lebhaften Stil nicht zu, den, wie er meynte, Recenſionen haben müßten. Seit 1788 weiß ich gewiß, daß er der A. L. Z. nichts geliefert hat, und ich glaube kaum, daß er es vorher gethan, obgleich ich mich erinnere, daß ihm ſelbſt noch in dem Jahre 1788 Schütz um eine Recenſion ſehr anlag, die am Ende ich für ihn übernehmen mußte. Sie war über Ulrich's Eleutheriologie; Kant hatte einen kleinen Aufſatz über dieſe Schrift gemacht, und ich mußte aus ſeinem Aufſatze eine Recenſion machen.

ad 7. Die beſte Darſtellung der Kantſchen Philoſophie aus dem Standpunkt des bon sens angeſehen, finde ich in Garve's Ueberſetzung der Ethik des Ariſtoteles Bd. I. p. 183 — welches Buch ich ſo frey bin Ew. Hochwürden zuzuſchicken."

Da Ew. Spectabilität viele Jahre mit Kant umgingen, und jetzt die Acten der philoſ. Facult.

bei sich haben: so glaube ich keine Fehlbitte zu thun, wenn ich, besonders ad 6 & 7, um eine gefällige Auskunft bitte. — Mein Fuß hindert mich am Ausgehen, sonst würde ich Kant's Freunde und Bekannte persönlich um Notizen ersuchen. Mit vorzüglicher Hochachtung habe ich die Ehre zu verharren

Ew. Spectabilität

ganz ergebenster Diener

Wald.

d. 15. Apr. 1804.

fol. 35 a. Msc.

XVI. Epist autogr. Waldii an (Wasianski) d. d. 15. Apr. 1804 mit Fragen über Kant nebst den ad marg. geschriebenen Antworten von Wasianski's Hand, und einer Notiz von andrer Hand. (Das dazugehörige Couvertblatt mit der Adresse ist weggeschnitten.)

Ew. Hochehrwürden

werden mich ungemein verbinden, wenn Sie mir, zum Behufe meiner Rede auf Kant, folgende Fragen am Rande dieses Blattes kurz beantworten wollten:

1) Wen schätzte Kant unter seinen Lehrern im Coll. Frid. und auf der Akademie am meisten?

Den Director des Collegii Frider. Dr. Franz Albert Schulz, dem er ein Denkmal der Dankbarkeit in seinen Schriften setzen wollte, und, daß er es nicht gethan hatte, bedauerte.

2) Wo war Kant — außer bei Andersch—Hofmst.?

Beym Grafen von Hueleffen [sic] in Armsdorff [sic] bey Saalfeld.

3) Wann ließ die Judenschaft zu Berlin auf ihn die Medaille prägen? Wie lautet die Inschrift darauf?

Nicht von Kant selbst, sondern vom Hörensagen habe ichs, daß Kant diese Medaille von seinen Aud. nach geendigtem Coll. in welchem auch mehrere jüdische Auditores waren. Sie wiegt 10 # Die Inschrift ist: Perscrutatis fundamentis stabilitur veritas.

Mit besonderer Hochachtung habe ich die Ehre zu verharren
Ew. Hochehrwürden
gehorsamer Diener
Wald.
d. 15. Apr. 1804.

Von andrer Hand: Kant's Bildniß nicht gut getroffen mit der Umschrift Emanuel Kant (womit K. nicht zufrieden war) und dem Zeichen des Medailleurs a/s. (Wald's Hand: Abramson?) Auf dem Revers der Belus-Thurm, an dessen Fuße ein Sphinx mit der Umschrift perscrutatis etc. Im Abschnitt unten Nat. MDCCXXIII. (welches unrichtig ist.)

Abramson's neue Denkmünze bezieht sich auf den Hauptgrundsatz der Kantischen Philosophie: der Forschungsgeist des Menschen hat seine bestimmten Grenzen. Auf der Vorderseite ist Kant's Bildniß, nach Hagemann's Büste mit der Umschrift Imanuel Kant Natus MDCCXXIV. Auf der Rückseite sieht man Minerva, die Göttin der Weisheit, kennbar durch Helm u. Aegide, auf einem Kubus sitzen, auf welchem sie sich zugleich mit der linken Hand stützet — das Bild der unerschütterten Festigkeit. Mit der Rechten hingegen hemmt sie den Flug der Nachteule, Bild des regen Triebes des Forschens, die sich zu hohen Regionen empor schwingen will, welches eben den Hauptlehrsatz dieses Philosophen ausspricht. Noch deutlicher wird dieses durch die vortreffliche Umschrift des Oberconsistorial-Raths Zöllner: Altius volantem arcuit, d. i. den sich zu hochschwingenden hält sie zurück*). Im Abschn.: Denatus MDCCCIV. d. i. gestorben 1804.

*) Diese Uebersetzung, die das von dem Medailleur Abramson mit der Denkmünze vertheilte gedruckte Programm von der Zöllnerschen Umschrift angiebt, ist unrichtig und muß nach Zöllner's eigener Berichtigung im Int.-Blatt der Allg. Lit. Ztg. (Halle) vom 23. Juni 1804. Nro 99 vielmehr so lauten: „Ihren zu hohen Flug hemmte sie." D. H.

fol. 36. a. Mac.

XVII. Epist. autogr. Waldin an (Genfichen) d. d. 19. Apr. 1804 mit Fragen über Kant nebst den ad marg. geschriebenen Antworten (von Genfichen's Hand.) (Das Couvertblatt mit der Adresse ist weggeschnitten.)

Ew. Wohlgebohren
ersuche ich ergebenst:

1) um eine kurze Nachricht von Kant's nachgelassener Bibliothek? Wie stark war sie?

Alle kleine Broohuren, deren sehr viele sind, mitgerechnet, circa 500 Bände.

Welche Fächer waren noch am besten besetzt?

Unter den ältern Büchern finde ich mehr mathematische und physische, als philosophische. Von den neuern sind freylich die meisten philosophischen Inhalts, und besonders ist deren, die durch die Kantische Philosophie veranlaßt sind, eine beträchtliche Menge. K. hat aber wahrscheinlich kein einziges davon selbst angekauft, sondern, wenn nicht alle, doch die meisten von ihren Verfassern zugesandt erhalten.

Ich möchte also fast Mathematik u. Physik (Chemie nicht ausgeschlossen) für die Fächer erklären, aus welchen Kant seine Bibliothek vorzüglich hat versorgen wollen.

Hatte Kant seine eignen Schriften vollständig?

In der von Kant nachgelassenen Bibliothek vermisse ich so wohl seine sämmtlichen ältern vor der Kritik d. r. V. herausgegebenen Schriften, als auch die Kritik der practischen Vernunft. Kant hat wahrscheinlich, besonders in den letzten Jahren, Bücher theils verschenkt, theils verliehen und nicht wieder erhalten, wie auch daraus zu vermuthen ist, daß von verschiedenen aus mehrern Bänden bestehenden Werken, nur einzelne Bände vorhanden sind. — Ich bitte hierauf auch bey meiner Beantwortung der beyden ersten Fragen Rücksicht zu nehmen.

2) Welches ist die letzte Schrift, die K. selbst edirte?
Ni fallor: Der Streit der Facultäten 1798.

Die Vorrede zu Mielcke's littbauischem Wörterbuche 1800 ist wohl das Letzte, was K. selbst schrieb? oder die Empfehlung von Jachmann's Mysticism?

Die Anthropologie ist ebenfalls 1798 herausgekommen, und — wie ich glaube — ¼ Jahr später, als der Streit der Facultäten. Ich denke, sie ist die letzte von K. selbst herausgegebene Schrift. Am sichersten würde wohl Herr Nicolovius darüber Auskunft geben können.

Die Vorrede zu Mielcke's Litth. Wörterbuch ist ohne Datum, u. die Jachmannsche Schrift besitze ich nicht. Ich kann also die Frage nicht mit Gewißheit beantworten. Ich glaube aber, daß die Jachmannsche Schrift früher herausgekommen ist, als das Wörterbuch von Mielcke.

Die Antwort bitte ich bloß an den Rand zu schreiben und sie mir heute durch Herrn Pilat, den ich gern sprechen möchte, zuzuschicken.

Mit besonderer Achtung verharre ich
Ew. Wohlgebohren
ergebenster Diener
Wald.
d. 19. Apr. 1804.

fol. 37—39. a. und 40. a. Msc. 4to.

XVIII. Excerpte aus den von Tieftrunk herausgegebenen vermischten Schriften Kant's: Th. III. p. 492. Th. II. p. 692. p. 393. Th. III. p. 468. p. 471. p. 470. Th. II. p. 576.

fol. 41. a. Msc.

XIX. Abschrift des Rescripts der Ernennung Kant's zum Prof. ordin. Log. et Metaph. aus den Acten der philosophischen Facultät. Lin. 1. autogr. Waldii.

Act. fac. philos. T. V. p. 794.
Denominatus est a Serenissimo M. Immanuel Kant Professor ordinarius, ita tamen, ut, permutatione facta, Professio Mathemat. ordinaria Excellent. Logico et Metaph. Dr. Buck collata sit, in hujus vero locum succederet M. Kant, tanquam Prof. Log. et Metaph. ordinarius.

Das datum rescripti ist aber nicht angemerkt, auch das Patent nicht wie gewöhnlich in Abschrift eingetragen.
fol. 41 b. Msc.
Autogr. Waldii: Adresse „An des Herrn Prof. Kraus Spectabilität" (v. fol. 34. n.)
fol. 42—43 Impr.
XX. „Empfindungen am Grabe Immanuel Kant's. Dem Erlauchten Curator der Albertus-Universität am Begräbnisse des Verewigten, den 28sten Februar, 1804, im Nahmen der allhier Studirenden überreicht." Königsberg, gedruckt bey Heinrich Degen. fol.

fol. 44—45. Impr.
XXI. „Zur Gedächtnißfeyer Immanuel Kant's weiland ordentlichen Professors der Logik und Metaphysik ic. ladet auf den 23. April um Eilf Uhr in den großen akademischen Hörsaal den Erlauchten Curator der Universität und Alle, welchen das Andenken des Verewigten theuer ist im Namen der Königlichen Albertus-Universität ehrerbietig ein Johann Schulz, Hofprediger und ordentlicher Professor der Mathematik." Königsberg, gedruckt in der Königlichen Hof- und Akademischen Hartungschen Buchdruckerei. 1804. fol.

fol. 46—47. Impr.
XXII. „Der Gedächtnißfeyer Immanuel Kant's geweiht, im Namen der Königlichen Landes-Universität, von Karl Ludwig Pörschke, der Dichtkunst Professor. Am 23. April 1804." Königsberg, gedruckt in der Königl. Hof- und Akademischen Hartungschen Buchdruckerei. fol.

fol. 48. a. Msc.
XXIII. Zwei Erceipte: 1) aus dem „Freimüthigen" Nro. 139. 1804.
2) aus der „Zeitung für die elegante Welt." Nro. 87. — 21. Jul. 1804.
betreffend die „Merkwürdigen Aeußerungen Kant's von einem seiner Tischgenossen." (Joh. Gottfr. Hasse.)

fol. 48. b. Msc.
Autogr. Heilsbergii: Adresse an „Des Herrn Consistorial Rath Wald Wohlgebohren."

fol. 49. Msc.
XXIV. Epist. autogr. Krausii an Wald d. d. 22. Apr. 1804 mit Bemerkungen über einzelne Stellen der Waldschen Gedächtnißrede bei Rücksendung des Concepts.

(Ew. Hochwürden

Verzeihen, daß ich, was mir gleich gestern Abend beym Lesen einfiel, nicht auf einem besondern Blatt, sondern mit Bleystift auf dem Rande geschrieben überreiche. Ich besann mich nicht, es auf einem besondern Blatt mit Tinte zu schreiben, und finde es nicht werth, dies noch jetzt zu thun. Genug, wenn Sie es ansehen, mit Gummi elasticum wird es sich leicht auslöschen und so der Rand wieder rein machen lassen. Ich bemerke nur noch eins und das andere, und schicke alles früher zurück, um nicht größere Erwartung zu erregen, als ich für jetzt befriedigen kann.

ad S. 4. [s. o. S. 4.] So viel ich mich erinnere wurde K. regelmäßig alle Woche ein oder ein Paarmal nach dem Gräflich T—schen Gute (C—*) abgeholt, um da, ich weiß nicht mehr worin den Grafen, der noch lebt, zu unterrichten. Auf der Rückfahrt nach Königsberg, wäre ihm dann so manchmal eine Vergleichung zwischen seiner Erziehung und der im Gräflichen Hause eingefallen, sagte er mir. Kant's Eltern müssen höchst brave fromme Leute gewesen seyn. Ihr Ursprung aus Schottland würde nichts Befremdliches seyn; es fanden sich mehrere schottische Familien in Preußen ein: selbst unter meinen Verwandten kann ich zwey nennen, Sterling, meiner Großmutter erster Mann, dessen Sohn hier als polnischer Prediger starb, und Herwic, der Großvater meiner Cousine, der Oberhofpredigerin.

ad 7. [s. o. S. 8.] Kanten fiel es nie ein, um etwas für sich zu bitten oder zu ambiren. Ob er als Magister einen Ruf nach Jena erhalten, wie ich von andern gehört, weiß ich nicht: er selbst hielt es nie der Mühe werth von so etwas zu sprechen. Nach Meyer's Tode in Halle trug ihm Zedlitz diesen Lehrstuhl mit einem sehr ansehnlichen Gehalt mit dem Titel: Hofrath und andern Aussichten an, und da Kant alles ablehnte, faßte ihn Zedlitz von der empfindlichsten Seite: wie können Sie, schrieb er, es vor ihrem Gewissen verantworten, lieber in Königsberg auf 300 als in Halle auf 1000 Studirende zu wirken: aber Kant blieb, und zwar gerade aus einer reineren Gewissenhaftigkeit in seiner Vaterstadt. Wie Zedlitz überhaupt ein herzlicher und geistreicher Mann war, so war auch der Ton in seinen Briefen an Kant.

---

*) Kraus meint das Truchseß-Waldburgische Gut Capustigall.

D. H.

Daß gerade zu gleicher Zeit, da Kant Mitglied der Ac. der Wiss. in Berlin wurde, es auch Eberhard und Herder wurden, war ihm, der sich aus allen solchen Sachen nichts machte, ganz gleichgültig; aber mich verdroß es, und wohl jeden, der diese 3 Männer einigermaaßen ihrem wissenschaftlichen Werth nach zu würdigen weiß. Auch ließ Kant diese Titulatur, die er Anfangs einmal seinem Nahmen auf dem Titelblatt seiner Kritik beysetzte, weil er glaubte, daß sie ihn zur Censurfreyheit berechtige, hernach, als er das Gegentheil erfuhr, immer weg.

K. ist auch Mitglied der Academie zu Petersburg (etwa unter Kaiser Paul aber genau wann? weiß ich nicht) geworden.

S. 8. [s. o. S. 9.] Der Umgang mit dem originalen höchst rechtschaffenen Engländer Green hat gewiß nicht wenig Einfluß auf Kant's Denkart und besonders auf sein Studium englischer Schriftsteller gehabt. Er brachte bey Green in dessen letzten Jahren täglich einige Nachmittagsstunden zu, da Green podagrisch nicht ausgehen konnte.

ad S. 9. [s. o. S. 10.] Das nil nisi bene auf Kant ist hart, und klingt zu partheyisch. Ließe sich die Sache nicht so fassen: Die Convenienz freylich muß an ihm tadeln ꝛc. aber der unbefangene Betrachter wird auch da noch die reine Quelle ehren, woraus diese Eigenheit bey ihm floß, nehmlich die über alle Convenienz sich erhebende lautere kühne Gesinnung (und Wahrheitsliebe.)

ad S. 11. [s. o. S. 11.] Mehrmals schilderte mir Kant den Kunde als Lehrer, und, so viel ich mich irgend erinnern kann, auch als seinen Lehrer.

Der vieljährige ununterbrochene Umgang im Keyserlingschen Hause, dessen Krone, die geistreiche Gräfin, an Kant's Gesellschaft so ausnehmend Geschmack fand, ist eben so sehr ein Beweis von der feinen Lebensart worauf er sich verstand, als derselbe auf diese seine für einen so tiefdenkenden Gelehrten seltene feine Lebensart Gewandtheit und Delicatesse zurückgewirkt haben mag. Allemal saß Kant an Keyserling's Tisch auf der Ehrenstelle unmittelbar der Gräfin zur Seite; es müßte denn ein ganz Fremder da gewesen seyn, dem man convenienzmäßig diese Stelle einräumen mußte.

S. 12. [s. o. S. 12.] Was da von Kant's Heyrathssache steht, fürchte ich, ist nicht wahr, und hebt sich zu grell unter den andern Sachen hervor, da es, nach Verhältniß seiner Wichtigkeit, für den Zweck der Rede, geringere Aufmerksamkeit verdient.

S. 24. [i. o. S. 23.] Ritsch war von niemanden gesendet, was man gleichwohl unter dem Wort Apostel denken möchte: er ist ein ercentrischer Kopf, in dem Sinn, in welchem es ein jeder nicht alltägliche Kopf ist. Wie fern er aber in einem andern, und zwar tadelhaften Sinn, über den Kreis der Alltagsköpfe hinaus war, weiß ich nicht, obgleich ich ihn sehr gut zu kennen glaube. Eine Energie, wie ich sie in ihm fand, ist mir an jedem jungen Menschen als Gottesgeschenk verehrlich. Daß er diese Energie irgend wo und wie gemißbraucht hätte, davon ist mir nichts bekannt; aber wohl weiß ich, daß er gewaltig gestrebt hat, damit das, was er für recht und gut hielt, und was auch wohl in der That recht und gut war, auszuführen. Schade, daß die Umstände ihn zu wenig begünstigt haben und daß durch körperliche Leiden jetzt sein Muth, wie ich nur noch neulich aus einem Briefe von ihm ersehe, ermattet. Aber seine gichtischen Anfälle werden, hoffe ich, durch das Bad, das er diesen Sommer brauchen wird, gehoben werden, und, ich hoffe, er soll doch wohl noch einmal in einen ihm angemessenen Wirkungskreis versetzt werden. Gegen Mangel ist er durch eine Pension, die ihm sein Zögling, der Sohn des dänischen Gesandten in London Graf Wedel Jarlsberg gerichtlich zugesichert hat, jetzt gedeckt. Verzeihen Ew. Hochwürden diese Bemerkung; der junge Mann geht mich weiter nichts an, als daß er mich, durch seinen Kopf, seinen trefflich festen moralischen Charakter, und selbst durch seine bis jetzt wenig erfolghafte Strebungen, interessirt.

Mit wahrem Dank für das Zutrauen, womit Ew. Hochwürden beehrt haben und welchem ich wünschte daß ich besser hätte entsprechen können bin ich Ew. Hochwürden

ergebenster Diener
Kraus.

d. 22. April 1804.

Da ich vergessen habe meine Zuhörer abzubestellen und also 2 Stunden hinter einander in einem für meine arme kranke Lunge höchst schädlichen heißen Dampf lesen muß, und da vermuthlich im Auditorio eben solche böse Luft durch das Gedränge entstehen wird; so weiß ich nicht, ob ich der Feyerlichkeit werde beywohnen können. Auf jeden Fall werden Ew. Hochwürden in Betracht dieser Umstände mein etwanniges Ausbleiben entschuldigen.

fol. 50. a. Mar.

XXV. Autogr. Krausii: Uebersetzung einer in Beckmann's physikal-ökonomischen Bibliothek, Bd. 21. S. 4 citirten Stelle aus einer englischen Encyclopädie, nebst einigen Zeilen an Wald bei Mittheilung dieser Stelle. Lin. 3—4 Autogr. Waldii:

Uebersetzung der Stelle aus Beckmann's Physicalisch-öconomischer Bibliothek. Band 21. S. 4. Vorrede zu der in Philadelphia 1798. 4. herausgekommenen Encyclopaedia or a dictionary of arts, sciences and miscellaneous literature.

„Obgleich man gestehen muß, daß, in den Speculationen geistreicher Männer betreffend intellectuelle und moralische Gegenstände, jene Neuheit nicht Statt finden kann, die sich in den physicalischen Wissenschaften erwarten läßt; so ist vielleicht doch wohl mehr Witz als Wahrheit in D' Alembert's Spott über alle Entdeckungen in der Metaphysik und ähnlichen speculativen Zweigen des menschlichen Wissens. Freylich bietet die Natur den Philosophen unserer Tage keine neue Phänomene dar, sey es in der körperlichen oder intellectuellen Welt: aber in jener ersteren (nehmlich körperl. Welt) fährt man doch täglich fort theils manches wahrzunehmen, was bisher unbemerkt blieb, theils nach und nach unsere Klassification von andern Phänomenen, die uns längst bekannt waren, zu verbessern: und warum sollte dasselbe nicht auch in Absicht der Geistesphänomene geschehen können? So viel ist gewiß, daß Professor Kant zu Königsberg einen großen Ruhm sich erworben hat durch eine originale Ansicht, die er von den intellectuellen und moralischen Kräften des Menschen bekannt gemacht; und daß die Philosophen Deutschlands eben so eifrig an ihm hängen, wie die Physiker an Newton, oder die Scholastiker an Aristoteles. Die Kantische Philosophie ist daher ein Gegenstand, der in unserer (americanischen zu Philadelphia herauskommenden) Encyclopädie nicht übergangen werden darf; und Doctor Gleig wird sich bemühen seine Leser mit einer kurzen Uebersicht davon in dem versprochenen Nachtrage (Supplementbande) zu erfreuen."

Eben erinnerte ich mich dieser Stelle, und eile sie Ew. Hochwürden mitzutheilen in der Voraussetzung, daß sich vielleicht davon einiger Gebrauch wird machen lassen.

fol. 51. a. Mкc.

XXVI. Ercerpte aus dem Freimüthigen Nro. 61 (1804) betreffend Kant's Leichenbegängniß und die Abramson'sche Kant-Medaille.

fol. 52.—53 a. Mкc. 4to.

XXVII. Epist. autogr. Poerschkii an Wald d. d. 23. Apr. 1804 bei Rücksendung der Gedächtnißrede auf Kant:

Ew. Hochwürden empfangen meinen wärmsten Dank für die ehrenvolle Mittheilung Ihrer Rede. Ich erhielt sie gestern erst nach drey Uhr; von fünf bis zehn Uhr war ich nicht zu hause; ich konnte auf keine Zusätze denken, deren sie gewiß nicht bedarf. Mit dem größten Vergnügen habe ich sie gelesen, sie wird ihren Zweck nicht verfehlen.

Meine wenigen Anmerkungen habe ich nur mit Bleystift geschrieben, damit sie, wie ihre Unerheblichkeit es verdient, nachdem sie gelesen worden, weggewischt werden können. Ich wußte auch nicht, was der Rede an Vollständigkeit Wesentliches mangeln sollte.

Die Bemerkung der schwachen Seite Kant's, S. 9. [s. o. S. 10.] möchte ich wohl sehr bitten wegzulassen, denn viele Verehrer des Philosophen würden dadurch gekränkt werden. Auch haben Ew. Hochwürden weiter unten von seiner Achtung für Volksreligion geredet. Ich selbst habe in den 26 Jahren da ich mit ihm umging, ihn nie gehört, allgemein verachtend von den Predigern u. s. w. sprechen, er schätzte einige wohl sehr hoch, und lobte die Theologen sehr oft, als die Bewahrer der echten Gelehrsamkeit.

Mit der Medaille wurde sicherlich nichts von Honorarium an Kant abgetragen. Auch ich hatte einigen Antheil daran. Die Kosten wurden durch die Pränumeranten zusammengebracht. Eine kupferne Medaille kostete 4 Fl. und eine silberne 10 Fl. Was etwa noch fehlte, wurde von dem Handlungshause Friedländer hergegeben.

Ich habe nicht bitten dürfen, etwas zuzusetzen, sondern nur, zwey Sätze, wenn Sie meine Bitte erfüllen wollten, wegzulassen. Unserm edeln Herrn Hofprediger, den Kant aufs innigste hochschätzte, würde es wehe thun, wenn er hören müßte, daß dieser die Prediger gering geschätzt habe. Halten Sie meine Bitte nicht für Zudringlichkeit, sondern für einen herzlichen Wunsch, daß die vortrefflichen Wirkungen der Rede auch nicht einen Augenblick unterbrochen werden.

Erhalten Sie mir Ihr überaus schätzbares Wohlwollen. Ich verbleibe mit der aufrichtigsten Verehrung

Ew. Hochwürden
Ganz gehorsamster
Pörschke.
b. 23. Apr. 1804.

fol. 54. vacat.
fol. 55. n. Msc.
Autogr. Borowskii: Adresse: „Sr. Hochwürden dem Herrn Kirch. u. C. R. D. Walb."
fol. 56. 4to. vacat.
fol. 57. b. Msc.
Adresse: „An ein Wohllöbliches Bibliothekariat hieselbst."
(v. fol. 1. a.)

Nicht zugeheftete Beilagen.

1) 1 fol. Msc. 4to : Abschrift von Kant's Vorrede zu Mielke's littauisch-deutschem Wörterbuche. 1800. Königsberg. 8.

2) 3 fol. Msc. 4to : Excerpte: 1) 3 Verse aus Hesiodus deutsch; 2) eine Sentenz (von Wald's Hand); 3) aus Garve (Ethik des Aristoteles übersetzt und erläutert. Bd. I.) S. 183. Darstellung und Beurtheilung des Kantischen Systems; 4) aus Hippel's Lebensbeschreibung S. 162.

3) 12 fol., wovon 5 fol. Msc. 4to zusammengeheftet: Der Anfang der Waldschen Gedächtnißrede.

4) 14 fol. Msc. 4to in 2 Heften paginirt 1—27: Das vollständige Concept der Waldschen Gedächtnißrede nebst Bemerkungen am Rande mit Bleistift (von Kraus) und mit Tinte von Gr(aef) beigeschrieben.

5) 4 fol. Impr. Zwei Universitäts-Programme zusammengeftet: nämlich: 1) „Zur Feier des Geburtsfestes Sr. Majestät des Königs von Preußen ꝛc. Friedrich Wilhelm's des dritten, werden hiermit auf den 3. August, um 11 Uhr, in den großen akademischen Hörsaal E. Königl. Ostpreuß. Erl. Staats-Ministerium, alle Landes- und Stadt-Collegia, gesammte Universität und alle Vaterlandsfreunde im Namen des Rectors, Canzlers, Directors und Senats der Königl. Universität, mit gebührender Ehrfurcht und Ergebenheit eingeladen.

Erster Beitrag zur Biographie des Prof. Kant." Königsberg, gedruckt in der Königl. Hof- und Akademischen Hartungschen Buchdruckerei. 1804. fol. (Inhalt 1. Königl. Rescripte, die Ansetzung und Besoldung des Prof. Kant betreffend.) — 2) „Zu der am 9. October 1804 im großen akademischen Hörsaale zu haltenden Gedächtniß-Rede auf den Kurfürstlichen Tribunals-Rath Schimmelpfennig ladet den Rector, Canzler, Director, Senat, die Professoren und Privatlehrer der Universität, die akademischen Bürger, alle Gönner und Freunde der Wissenschaften gehorsamst und ergebenst ein Dr. Samuel Gottlieb Wald. Zweiter Beitrag zur Biographie des Prof. Kant." Ebend., 1804. fol. (Inhalt: II. Ein Verzeichniß sämmtlicher Schriften Kant's mit Nachweisung der Sammlungen, worin nachher die kleinern Schriften aufgenommen wurden.)

II.

Nachträge zu Immanuel Kant's Schriften.

1.

Kant's Recension der Schrift von Moscati über den Unterschied der Structur der Thiere und Menschen. Abdruck aus den „Königsbergischen Gelehrten und Politischen Zeitungen auf das Jahr 1771. Königsberg, bey Johann Jacob Kanter." 4. 67stes Stück. Freytag, den 23. August 1771. S. 265. 266.

Von dem Körperlichen wesentlichen Unterschiede zwischen der Structur der Thiere und Menschen. Eine akademische Rede, gehalten auf dem anatomischen Theater zu Pavia von Dr. Peter Moscati, Prof. der Anat. Aus dem Italiänischen übersetzt, von Johann Beckmann, Prof. in Göttingen.

Da haben wir wiederum den natürlichen Menschen auf allen Vieren, worauf ihn ein scharfsinniger Zergliederer zurückbringt, da es dem einsehenden Rousseau hiemit als Philosophen nicht hat gelingen wollen. Der Dr. Moscati beweiset, daß der aufrechte Gang des Menschen gezwungen, und widernatürlich sei, daß er zwar so gebauet sei, um in dieser Stellung sich erhalten und bewegen zu können; daß aber, wenn er sich solches zur Nothwendigkeit und beständigen Gewohnheit macht, ihm Ungemächlichkeiten und Krankheiten daraus entspringen, die genugsam beweisen, er sei durch Vernunft und Nachahmung verleitet worden von der ersten thierischen Einrichtung abzuweichen. Der Mensch ist in seinem Inwendigen nicht anders gebauet, als alle Thiere, die auf vier Füßen stehen. Wenn er sich nun anrichtet: so bekommen seine Eingeweide, vornehmlich die Leibesfrucht der schwangeren Personen, eine herabhängende Lage und eine halbumgekehrte Stellung, die, wenn sie mit der liegenden, oder auf

Vieren gestellten, oft abwechselt, nicht eben sonderlich üble Folgen erzeugen kann, aber dadurch, daß sie beständig fortgesetzt wird, Mißgestaltungen und eine Menge Krankheiten verursacht. So verlängert z. E. das Herz, da es genöthigt wird zu hängen, die Blutgefäße, an die es geknüpft ist, nimmt eine schiefe Lage an, indem es sich auf das Zwergfell stützt und mit seiner Spitze gegen die linke Seite glitschet, eine Lage, darinn der Mensch, und zwar der erwachsene, sich von allen andern Thieren unterscheidet, und dadurch er zu Anevrismen, Herzklopfen, Engbrüstigkeit, Brustwassersucht ꝛc. einen unvermeidlichen Hang bekömmt. Bei dieser geraden Stellung des Menschen sinkt das Gekröse (Mesenterium) von der Last der Eingeweide gezogen, senkrecht herunter, wird verlängert und geschwächt, und zu einer Menge Brüche vorbereitet. In der Pfortader, die keine Klappen hat, wird sich das Blut dadurch, daß es in ihr wider die Richtung der Schwere steigen muß, langsamer und schwerer bewegen, als bei der waagrechten Lage des Rumpfs geschehen würde; woraus Hypochondrie, Hämerrhoiden ꝛc. ꝛc. entspringen; zu geschweigen: daß die Schwierigkeit, welche der Umlauf des Bluts, das durch die Blutadern der Beine bis zum Herzen gerade in die Höhe steigen muß, erleidet, Geschwülste, Aderkröpfe ꝛc. ꝛc. nicht selten nach sich zieht. Vornehmlich ist der Nachtheil aus dieser senkrechten Stellung bei Schwangern, sowohl in Ansehung der Frucht, als auch der Mutter sehr sichtbar. Das Kind, das hiedurch auf den Kopf gestellt wird, empfängt das Blut in sehr ungleichem Verhältnisse, indem solches in weit größerer Menge nach den obern Theilen, den Kopf und die Arme getrieben wird, wodurch beide in ganz andere Verhältnisse ausgedehnt werden und wachsen, als bei allen übrigen Thieren. Aus dem ersten Zuflusse entspringen erbliche Neigungen zum Schwindel, zum Schlage, zu Kopfschmerzen und Wahnwitz; aus dem Zudrange des Bluts zu den Armen und Ableitung von den Beinen die merkwürdige und sonst bei keinem Thiere wahrgenommene Disproportion: daß die Arme der Frucht, über ihr geziemendes Verhältniß, länger und die Beine kürzer werden, welches sich zwar nach der Geburt durch die beständig senkrechte Stellung wiederum verbessert, aber doch beweiset: daß der Frucht vorher Gewalt geschehen sein müsse. Die Schaden der zweifüßigen Mutter sind Hervorschießung der Gebärmutter, unzeitige Geburten ꝛc. welche mit einer Iliade von andern Uebeln aus ihrer aufrechten Stellung entspringen und wovon die vierfüßigen Geschöpfe frei sind. Man könnte diese

Beweisgründe: daß unsre thierische Natur eigentlich vierfüßig sei, noch durch andere vermehren. Unter allen vierfüßigen Thieren ist nicht ein einziges, welches nicht schwimmen könnte, wenn es durch Zufälle ins Wasser geräth. Der Mensch allein ersäuft, wo er das Schwimmen nicht besonders gelernt hat. Die Ursache ist: weil er die Gewohnheit abgelegt hat, auf vieren zu gehen; denn diese Bewegung ist es, durch die er sich auf dem Wasser ohne alle Kunst erhalten würde, und wodurch alle vierfüßige Geschöpfe schwimmen, die sonst das Wasser verabscheuen. So paradox auch dieser Satz unsers italienischen Doktors scheinen mag, so erhält er doch in den Händen eines so scharfsinnigen und philosophischen Zergliederers beinahe eine völlige Gewißheit. Man siehet daraus: die erste Vorsorge der Natur sei gewesen, daß der Mensch, als ein Thier, vor sich und seine Art erhalten werde, und hierzu war diejenige Stellung, welche seinem inwendigen Bau, der Lage der Frucht und der Erhaltung in Gefahren am gemäßesten ist, die vierfüßige: daß in ihm aber auch ein Keim von Vernunft gelegt sei, wodurch er, wenn sich solcher entwickelt, vor die Gesellschaft bestimmt ist, und vermittelst deren er vor beständig die hiezu geschickteste Stellung, nemlich die zweifüßige annimmt, wodurch er auf einer Seite unendlich viel über die Thiere gewinnt, aber auch mit den Ungemächlichkeiten vorlieb nehmen muß, die ihm daraus entspringen, daß er sein Haupt über seine alten Cameraden so stolz erhoben hat. Kostet 24 gr.

2.
Kant's Urtheil über das Dessauische Philanthropin.

Da Kraus in seiner die Recensionen Kant's in der hiesigen gelehrten und politischen Zeitung betreffenden Anmerkung zu Wald's Gedächtnißrede (s. S. 17. Anm. 25.) die beurtheilten philanthropinischen Schriften nicht näher bezeichnet, so mußte ich die einzelnen Jahrgänge dieser Zeitung von 1774 ab durchsehen. Erst der Jahrgang 1776 enthält eine Recension einer „dahin einschlagenden Schrift", die ich nach Form und Inhalt für Kantisch halte. Daß Kant seit dieser Zeit sich lebhaft für das Philanthropin interessirt haben muß, erfahren wir zwar aus keiner der bisherigen Biographien Kant's, wohl aber aus einem Briefe Kraus' an seinen Freund v. Auerswald vom 9. Mai 1776 (s. Voigt, das Leben des Professors Kraus S. 50 f.), worin es u. A. heißt: „Ich —— — denke an all mein

Elend nicht, seitdem Kant mir versprochen, mich ins Basedowsche Philanthropdum zu schicken. Sie wissen doch schon, daß aus Preußen verschiedene hingeschickt werden, die für einen gewissen Sold sich da zwei Jahre aufhalten und die Erziehungsmethode lernen sollen, um sie hernach im Vaterlande einzuführen. Ich bin nun einer von den preußischen Aposteln u. s. w." Kraus dürfte hiernach wohl am besten über seines verehrten und geliebten Lehrers Recensententhätigkeit in Sachen des Philanthropins unterrichtet sein. Daß in dem Lections-verzeichniß der hiesigen Universität für das Wintersemester 1776/77 angezeigt wird: „Praktische Anweisung Kinder zu erziehen ertheilet Herr Prof. Kant öffentlich" kommt hiebei weniger in Betracht. Weit wichtiger aber ist, daß Kant selbst uns über sein Verhältniß zum Philanthropin in Kenntniß setzt. Das Schreiben Kant's an den hiesigen Hofprediger Crichton*) vom 29. Juli 1778 (zuerst mitgetheilt (von Rink) in der „Sammlung einiger bisher unbekannt gebliebenen kleinen Schriften von Immanuel Kant. Zweyte sehr vermehrte Auflage. Königsberg bey Friedrich Nicolovius 1807. S. 420 bis 424, dann hieraus entnommen von Schubert in „Immanuel Kant's Sämmtl. Werke. Th. XI. Abth. I. S. 72—75.") zeugt von Anfang bis zu Ende von seinem theilnehmenden Eifer für die „Erhaltung und Beförderung einer für das Weltbeste gemachten Anstalt." Kant wünscht und erwartet ein Gleiches von Crichton und schreibt ihm u. A.: „Aus der Einlage werden Ew. Hochehrwürden ersehen: daß, nachdem mir die letzten Stücke der pädagogischen Unterhandlung zum Vertheilen überschickt worden, von mir erwartet wird, das Publikum aufs neue, sowohl zur Fortsetzung der Pränumeration, als überhaupt zum Wohlwollen und Wohlthun gegen das Institut aufzumuntern. Ich bin auch dazu von Herzen bereit und willig; allein ich finde doch, daß der Einfluß weit größer sein würde, wenn Ew. Hochehrwürden sich dieser Sache vorzüglich anzunehmen beliebten, und ihren Namen und Feder zum Besten derselben verwenden wollten u. s. w." Die

---

*) Dr. Wilh. Crichton (geb. 1732. gest. 1805 zu Königsberg) seit 1772 Hofprediger an der deutsch-reformirten Kirche (Burgkirche), hatte nach des abenteuerlichen Geographen Joh. Abraß. Penzel (am bekanntesten durch seine deutsche Uebersetzung des Strabo, 4 Bde. Lemgo, 1775—77) Zurücktritt von der Redaction der bei Joh. Jac. Kanter gedruckten Königsberglschen gelehrten und politischen Zeitung dieselbe übernommen und schrieb meistens die gelehrten Artikel.

D. H.

Worte: „das Publikum aufs neue — aufzumuntern" sprechen hinlänglich für die Richtigkeit der Kraus'schen Angabe, und es steht somit fest: Kant schrieb Empfehlungen und Recensionen philanthropinischer Schriften.

Was nun aber die aus einer größern Anzahl ähnlichen Inhalts herausgenommenen und hier abgedruckten Beurtheilungen selbst betrifft, so wird jeder Kenner Kant's mit mir überzeugt sein, daß ihre unverkennbare Uebereinstimmung, in Hinsicht des Stils, wie des Gedankengangs, mit seinen übrigen Schriften, zumal um jene Zeit, Grund genug sein muß, sie Kant zuzuschreiben. Daß er nicht mehr als diese drei, unter A bis C mitgetheilten Recensionen in die hiesige Zeitung geliefert habe, will ich nicht behaupten. Es ist wohl möglich, daß noch andre Schriften verwandten pädagogischen Inhalts von ihm angezeigt und besprochen wurden; für die „Nachricht von Errichtung des Leiningischen Erziehungshauses, oder dem dritten Philanthropin auf dem hochgräflichen Schloße zu Heidesheim im oberrheinischen Kreis" in dem 15. Stück des Jahrgangs 1777 möchte ich sogar entschieden Kant's Autorschaft in Anspruch nehmen; ich lasse sie jedoch als zu geringfügig weg und setze nur den Schluß des bloß referirenden Auszugs aus der Bahrdtschen Schrift her:

„Wenn sich doch Mäcenen, Patrioten und Gelehrte mit einander vereinigen möchten, Preußen mit einer ähnlichen der Menschheit zur Ehre gereichenden Anstalt zu beschenken, sie möchte denn nun Philantropin, oder Schule der Weisheit heißen, wenn sie nur beydes wäre!"

Da es mir aber vorzüglich nur darauf ankam, nach Kraus' Andeutung Kant's Recensententhätigkeit für das Dessauische Philanthropin aufzuzeigen, so genügt es mir für jetzt die folgenden drei Artikel als unzweifelhaft ächte Beiträge zu Kant's Schriften aufgefunden zu haben.   D. H.

A.

Königsbergische Gelehrte und Politische Zeitungen.
26stes Stück.   Donnerstag, den 28. März. 1776.   S. 101 f.

Dessau 1776.
Erstes Stück des philantropinischen Archivs, mitgetheilt von verbrüderten Jugendfreunden, an Vormünder der Menschheit, besonders

welche eine Schulverbesserung beginnen, und an Väter und Mütter, welche Kinder ins dessauische Philantropin senden wollen.

Niemals ist wohl eine billigere Forderung an das menschliche Geschlecht gethan, und niemals ein so großer und sich selbst ausbreitender Nutze davor uneigennützig angebothen worden, als es hier von Herrn Basedow geschieht, der sich, sammt seinen ruhmwürdigen Mitgehülfen, hiemit der Wohlfahrt und Verbesserung der Menschen feyerlich geweihet hat. Das woran gute und schlechte Köpfe Jahrhunderte hindurch gebrütet haben, was aber, ohne den feurigen und standhaften Eifer eines einzigen einsehenden und rüstigen Mannes, noch eben so viel Jahrhunderte in dem Schooße frommer Wünsche würde geblieben seyn, nämlich die ächte, der Natur sowohl, als allen bürgerlichen Zwecken angemessene Erziehungsanstalt, das stehet jetzt, mit seinen unerwartet schnellen Wirkungen, wirklich da und fordert fremde Beyhülfe auf, nur um sich, so wie sie jetzt da ist, zu erweitern, ihren Saamen über andere Länder auszustreuen, und ihre Gattung zu verewigen. Denn darin hat das, was nur die Entwickelung der in der Menschheit liegenden natürlichen Anlagen ist, einerley Eigenschaft mit der allgemeinen Mutter Natur: daß sie ihre Saamen nicht ausgehen läßt, sondern sich selbst vervielfältigt und ihre Gattung erhält. Jedem gemeinen Wesen, jedem einzelnen Weltbürger ist unendlich daran gelegen, eine Anstalt kennen zu lernen, wodurch eine ganz neue Ordnung menschlicher Dinge anhebt (man kan sich von derselben in diesem Archiv und der Basedow'schen Schrift: Für Cosmopoliten Etwas zu lesen 2c. 2c. belehren), und die, wenn sie schnell ausgebreitet wird, eine so große und so weit hinaussehende Reform, im Privatleben sowohl, als im bürgerlichen Wesen hervorbringen muß, als man sich bei flüchtigem Blick nicht leicht vorstellen möchte. Um des willen ist es auch der eigentliche Beruf jedes Menschenfreundes, diesen noch zarten Keim, so viel an ihm ist, mit Sorgfalt zu pflegen, zu beschützen, oder ihn wenigstens dem Schutze derer, die mit einem guten Willen das Vermögen verbinden Gutes zu thun, unablässig zu empfehlen: denn wenn es, wie der glückliche Anfang hoffen läßt, einmal zum vollständigen Wachsthum gelanget seyn wird, so werden die Früchte desselben sich bald in alle Länder und bis zur spätesten Nachkommenschaft verbreiten. Der 13. May ist in dieser Absicht ein wichtiger Tag. Auf denselben ladet der seiner Sache gewisse Mann die gelehrteste und einsehendste Männer benachbarter Städte und Universtätten zum **Schauen** desjenigen ein, was sie bloßen Erzählungen zu **glauben**, schwerlich würden bewogen werden können. Das Gute hat eine unwiderstehliche Gewalt, wenn es angeschauet wird. Die Stimme verdienstvoller und beglaubigter Deputirter der Menschheit (wovon wir eine gute Anzahl zu diesem Congresse wünschen), müßte die Aufmerksamkeit Europens auf das, was sie so nahe angeht, nothwendig rege machen, und es zur thätigen Theilnehmung an einer so gemeinnützigen Anstalt bewegen. Jetzt muß es schon jedem Menschenfreunde zum größesten Vergnügen und zu nicht minder reizender Hofnung der Nachfolge eines so edlen Beyspiels gereichen: daß (wie in der letzteren Zeitung gemeldet worden) das Philantropin, durch eine ansehnliche Beyhülfe von hoher Hand, wegen seiner Fortdauer gesichert worden. Es ist bey solchen Umständen auch nicht zu zweifeln: daß nicht von allerley Gegenden Pensionisten hinzueilen sollten, um sich in dieser Anstalt die Plätze, daran es vielleicht bald gebrechen möchte, zu versichern; was aber denen, die eine schnelle Ausbreitung des Guten sehnlich wünschen, am meisten am Herzen liegt, nämlich das Absenden geschickter Candidaten nach Dessau, um sich in der philantropischen Erziehungsart zu belehren und zu üben, dieses einzige Mittel in kurzem allerwärts gute Schulen zu haben, das scheint eine ungesäumte Aufmerksamkeit und großmüthigen Beystand vermögender Gönner vorzüglich zu erfodern. In Erwartung, daß dieser Wunsch auch bald in seine Erfüllung gehe, ist es allen Lehrern, sowohl in der Privat- als öffentlichen Schulunterweisung, sehr zu empfehlen: sich der Basedow'schen Schriften und von ihm herausgegebenen Schulbücher, sowohl zu eigener Belehrung, als der letzteren zur Uebung ihrer anvertrauten Jugend zu bedienen, und dadurch so viel als vorläufig geschehen kann, ihre Unterweisung schon jetzt philantropisch zu machen. Kostet in der Kanterschen Buchhandlung 15 gr.

B.

Königsbergische Gelehrte und Politische Zeitungen.
25stes Stück.   Donnerstag, den 27. März 1777.   S. 97. 98.

An das gemeine Wesen*).

Es fehlt in den gesitteten Ländern von Europa nicht an Erziehungsanstalten und an wohlgemeintem Fleisse der Lehrer, jedermann

---

*) Es konnte für den Herausgeber dieses nur mit K. unterzeichneten Beitrags wohl nichts erfreulicher sein, als daß er, nachdem ihn innere Gründe längst

in diesem Stücke zu Diensten zu seyn, und gleichwohl ist es jetzt einleuchtend bewiesen; daß sie insgesammt im ersten Zuschnitt verdorben sind, daß, weil alles darinn der Natur entgegen arbeitet, dadurch bey weitem nicht das Gute aus dem Menschen gebracht werde, wozu die Natur die Anlage gegeben, und daß, weil wir thierische Geschöpfe nur durch Ausbildung zu Menschen gemacht werden, wir in kurzem ganz andre Menschen um uns sehen würden, wenn diejenige Erziehungsmethode allgemein in Schwang käme, die weislich aus der Natur selbst gezogen, und nicht von der alten Gewohnheit vorher und unerfahrener Zeitalter sclavisch nachgeahmet worden.

Es ist aber vergeblich dieses Heil des menschlichen Geschlechts von einer allmähligen Schulverbesserung zu erwarten. Sie müssen umgeschaffen werden, wenn etwas Gutes aus ihnen entstehen soll; weil sie in ihrer ursprünglichen Einrichtung fehlerhaft sind, und selbst die Lehrer derselben eine neue Bildung annehmen müssen. Nicht eine langsame Reform, sondern eine schnelle Revolution kann dieses bewirken. Und dazu gehört nichts weiter, als nur eine Schule, die nach der ächten Methode vom Grunde aus neu angeordnet, von aufgeklärten Männern, nicht mit lohnsüchtigen, sondern edelmüthigen Eifer bearbeitet, und während ihrem Fortschritte zur Vollkommenheit, von dem aufmerksamen Auge der Kenner in allen Ländern beobachtet und beurtheilt, aber auch durch den vereinigten Beytrag aller Menschen-

---

von der Autorschaft Kant's überzeugt hatten, noch einen äußern Grund dafür nachträglich beizubringen vermochte, der jeden Zweifel an der Aechtheit mit einemmale beseitigt. Die von Kant hier empfohlenen „Pädagogischen Unterhandlungen, herausgegeben von J. B. Basedow und J. H. Campe" bringen im 3 Stück (Dessau, 1777) unter V. „Anzeigen einiger öffentlichen Schriften, das dessauische philanthropische Institut betreffend" S. 296-301 den ganzen hier mitgetheilten Artikel ohne den wahrscheinlich von Wenzel als Redacteur hinzugefügten und deshalb von mir in Parenthese gesetzten letzten Abschnitt. Folgende Worte leiten ihn ein: „So wichtig und glaubwürdig dieses für uns auch ehrenvolle Urtheil (näml. das eines katholischen Gönners) in Ansehung unsers Religionsunterrichts ist, eben so merkwürdig und ehrend ist uns, in anderer Betrachtung, die auf Unpartheylichkeit und Kenntniß unserer Zwecke gegründete Empfehlung des berühmten Herrn Professors Kant, welche in dem 25. Stücke der Königsbergischen gelehrten und politischen Zeitungen enthalten ist. Auch diese verdient, in diesen Unterhandlungen aufbewahrt zu werden." Unter dem Artikel steht der vollständige Name Kant. Somit ist nun Jedem die Möglichkeit gegeben, auch ohne Herbeiziehung anderer Schriften Kant's durch Vergleichung von A und C mit B zu prüfen, ob ich ein Recht habe, auch jener Aechtheit zu behaupten. D. H.

freunde, bis zur Erreichung ihrer Vollständigkeit unterstützt und fortgeholfen würde.

Eine solche Schule ist nicht bloß vor die, welche sie erzieht, sondern welches unendlich wichtiger ist, durch diejenige, denen sie Gelegenheit giebt, sich nach und nach in großer Zahl bey ihr nach der wahren Erziehungsmethode zu Lehrern zu bilden, ein Saamkorn, vermittelst dessen sorgfältiger Pflege in kurzer Zeit eine Menge wohl unterwiesener Lehrer erwachsen kann, die ein ganzes Land bald mit guten Schulen bedecken werden.

Die Bemühungen des gemeinen Wesens aller Länder sollten nun darauf zuerst gerichtet seyn, einer solchen Musterschule von allen Orten und Enden Handreichung zu thun, um sie bald zu der ganzen Vollkommenheit zu verhelfen, dazu sie in sich selbst schon die Quellen enthält. Denn ihre Einrichtung und Anlage so fort in andern Ländern nachahmen zu wollen, und sie selbst, die das erste vollständige Beyspiel und Pflanzschule der guten Erziehung werden soll, indessen unter Mangel und Hindernissen in ihrem Fortschritt zur Vollkommenheit aufhalten, das heißt so viel: als den Saamen vor der Reife aussäen, um hernach Unkraut zu erndten.

Eine solche Erziehungsanstalt ist nun nicht mehr bloß eine schöne Idee, sondern zeigt sich mit sichtbaren Beweisen der Thunlichkeit dessen, was längst gewünscht worden, in thätigen und sichtbaren Beweisen. Gewiß eine Erscheinung unserer Zeit, die, ob zwar von gemeinen Augen übersehen, jedem verständigen und an dem Wohl der Menschheit theilnehmenden Zuschauer viel wichtiger seyn muß, als das glänzende Nichts auf dem jederzeit veränderlichen Schauplatze der großen Welt, wodurch das Beste des menschlichen Geschlechts, wo nicht zurückgesetzt, doch nicht um ein Haar breit weiter gebracht wird.

Der öffentliche Ruf und vornehmlich die vereinigte Stimme gewissenhafter und einsehender Kenner aus verschiedenen Ländern werden die Leser dieser Zeitung schon das dessauische Edukationsinstitut (Philanthropin) als dasjenige einzige kennen gelehrt haben, was diese Merkmale der Vortrefflichkeit an sich trägt, wovon es eine nicht der geringsten ist: daß es seiner Einrichtung gemäß, alle ihm im Anfange etwa noch anhängende Fehler natürlicher Weise von selbst abwerfen muß. Die dawider sich hie oder da regende Anfälle und bisweilen Schmähschriften (deren eine, nämlich die mangelsdorfische neuerlich von Herrn Basedow mit der eigenthümlichen Würde der Rechtschaffenheit beantwortet worden), sind so gewöhnliche Griffe der Tadelsucht, und des sich auf seinem Miste vertheidigenden alten Herkommens, daß eine ruhige Gleichgültigkeit dieser Art Leute, die auf alles, was sich als gut und edel ankündigt, jederzeit hämische Blicke werfen, vielmehr einigen Verdacht wegen der Mittelmäßigkeit dieses sich erhebenden Guten erregen müßte.

Diesem Institute nun, welches der Menschheit und also der Theilnehmung jedes Weltbürgers gewidmet ist, einige Hülfe zu leisten (welche einzeln nur klein, aber durch die Menge wichtig werden kann) wird jetzt die Gelegenheit dargebothen. Wollte man seine Erfindungskraft anstrengen, um eine Gelegenheit zu erdenken, wo, durch einen geringen Beytrag, das größest mögliche dauerhafteste und allgemeine Gute befördert werden könnte, so müßte es doch diejenige seyn, da der Saame des Guten selbst, damit er sich mit der Zeit verbreite und verewige, gepflegt und unterhalten werden kann.

Diesen Begriffen und der guten Meynung zufolge, die wir uns von der Zahl wohl denkender Personen unseres gemeinen Wesens machen, beziehen wir uns auf das 21ste Stück dieser gelehrten und politischen Zeitung, zusammt der Beylage und sehen einer zahlreichen Pränumeration entgegen: von allen Herren des geistlichen- und Schulstandes, von Eltern überhaupt, denen, was zu besserer Bildung ihrer Kinder dienet, nicht gleichgültig sein kann, ja selbst von denen, die, ob sie gleich nicht Kinder haben, doch ehedem als Kinder Erziehung genossen, und eben darum die Verbindlichkeit erkennen werden, wo nicht zur Vermehrung, doch wenigstens zur Bildung der Menschen das ihrige beyzutragen.

Auf diese von dem dessauischen Edukationsinstitut herauskommende Monatsschrift, unter dem Titel Pädagogische Unterhandlungen, wird nun die Pränumeration mit 2 Thlr. 10 gr. unsers Geldes angenommen. Aber, da, wegen der noch nicht zu bestimmenden Bogenzahl, am Ende des Jahres einiger Nachschuß verlangt werden könnte, so würde es vielleicht am besten seyn (doch wird dieses jedermanns belieben anheim gestellt) der Beförderung dieses Werks einen Dukaten pränumerationsweise zu widmen, wo alsdann jedem, der es verlangen würde, der Ueberschuß richtig zurückbezahlt werden soll, denn gedachtes Institut macht sich die Hofnung: daß es viele edeldenkende

Perſonen in allen Ländern gebe, die eine ſolche Gelegenheit willig ergreifen würden, um bey dieſer Veranlaſſung, über das Pränumerationsquantum, noch ein freywilliges kleines Geſchenk, als einen Beytrag zur Unterſtützung des ſeiner Vollkommenheit nahen, aber durch den erwarteten Beyſtand nicht bey Zeiten fortgeholfenen Inſtituts, hinzu zu fügen. Denn da, wie Herr D. E. R. Büſching (wöchentl. Nachr. J. 1776. Stück 16) ſagt, die Regierungen jetziger Zeit zu Schulverbeſſerungen kein Geld zu haben ſcheinen, ſo wird es doch endlich, wofern ſolche nicht gar ungeſchehen bleiben ſoll, auf bemittelte Privatperſonen ankommen, dieſe ſo wichtige allgemeine Angelegenheit durch großmüthigen Beitrag ſelbſt zu befördern.

[Die Pränumeration hieſiges Orts wird bey Herrn Prof. Kant in den Vormittagsſtunden von 10 bis Nachmittag gegen 1 Uhr und in der Kanterſchen Buchhandlung zu aller Zeit gegen Pränumerationsſchein abgegeben.] K.

C.
Beylage zum 68ten Stück
der Königsbergiſchen gelehrten und politiſchen Zeitung
vom 24. Auguſt 1778.

Betreffend das philanthropiniſche Inſtitut in Deſſau.

Neue Unternehmungen ſind nicht ſo gleich Tadel der alten ähnlicher Art. In menſchlichen Dingen iſt nichts ſo gut, daß nicht einiger Verbeſſerung wo nicht durchaus bedürfte, doch wenigſtens ihrer fähig wäre. Die Erziehungskunſt überhaupt, und noch mehr die öffentlichen Schulanſtalten, ſo gut ſie auch an einigen Orten ſeyn mögen, können auf einen weit höheren Grad der Vollkommenheit gebracht werden, als auf dem ſie ſich jetzt befinden. Es iſt noch nicht alles verſucht, und viel weniger alles erſchöpft. Mit dem Anwachs menſchlicher Kenntniſſe, die ſich immer mehren, müſſen die Schulen eine Einrichtung bekommen, die ihren Fortgang nicht aufhält, da es die ganze Abſicht der Schulanſtalten ſeyn ſoll, gute Kenntniſſe auszubreiten und zu befördern. Und dieſer einzige Grund iſt hinlänglich die Bemühungen neuer Schulverbeſſerer zu rechtfertigen und zu billigen. Ob aber überdies an der gewohnten Art die Jugend zu unterrichten und zu erziehen ſich nichts mit Recht ausſetzen laße, iſt eine Frage, die wohl niemand, der der Sache kundig iſt, verneinen kan, nachdem nicht allein die Mängel, ſondern auch zum Theil das Zweckwidrige so mancher alten Schulmethode auf die Art ist gezeigt worden, daß sie nunmehr sich mit nichts weiter, als etwa mit der Verjährung, das heißt mit dem schlechtesten Grunde im Reiche der Wissenschaften schützen können. Man kan es auf das Geständniß eines jeden in seinem Fache geschickten Mannes sicher ankommen laßen, ob er seine besten Kenntniße und Geschicklichkeiten, die ihn berühmt und beliebt machen, durch den Weg der Schulerziehung, oder durch das Mittel seines eigenen Fleißes, durch die Mühe eines weitern Forschens, und durch die beste Lehrerin, die Uebung, erlangt hat. Was die moralische Bildung des Herzens insonderheit anbetrift; so kan man mit Zuversicht behaupten, daß sie bisher lediglich den Eltern und Privatlehrern überlaßen war, ohne ein Gegenstand der Schulerziehung zu seyn — es müßte denn das unbewegliche Sitzen der Kinder in den Schulstunden Sittsamkeit, und das Auswendiglernen unverstandener und unempfundener moralischer Sprüche — Anweisung zur praktischen Tugend heißen. Ueberdem war bisher der ganze Plan des Schulunterrichts übel angelegt, und nur auf Einen, nicht eben den wichtigsten und für das menschliche Leben nützlichsten Zweck gerichtet — nehmlich bloße Gelehrte zu bilden. Der künftige Professor, und der künftige Handwerksmann oder Soldat fiengen beyde von der Erlernung einer Sprache an, die den einen nie an und für sich gelehrt machen konnte, und ihm nur zum Hülfsmittel guter Kenntniße diente, und dem andern in wenig Jahren ganz und gar unbrauchbar wurde. Dieser einzige Fehler verursachte höchst schädliche Folgen. Es wurde nur das Gedächtniß geübt, der Verstand hatte wenig zu thun, und es war Glück, wenn er durch die unerträgliche Mühe des Auswendiglernens nicht gänzlich unterdruckt ward. Ein Knabe, der mehr lateinische Wörter wußte, als seine Mitschüler, die ein schwächeres Gedächtniß, aber nicht selten eine weit überlegenere Beurtheilungskraft und beßere Sitten hatten, wurde über sie erhoben, und dadurch zu einem ungegründeten und höchstverderblichen Stolz verleitet. Es war also weder für den Verstand noch für das Herz der Kinder gehörig gesorgt — und eben so wenig für ihren Körper. Seine Abhärtung, die der Seele zur Ausführung edler Vorsätze, zur Ertragung so vieler unvermeidlichen Uebel, zur Entwöhnung von dem süßen Gifte der Weichlichkeit, die so viel tausende besonders in unseren Zeiten frühzeitig ins Grab bringt, — so sehr nöthig ist, wurde durch nichts empfohlen, durch nichts bewerkstelligt — man müßte denn hiezu das unnatürliche Mittel der so oft bis zur Grausamkeit gehenden Schläge rechnen. Wenn wir die bisherigen Schulanstalten tadeln wollten, so hätten wir hiezu Ursache, Grund und Stoff genug. Wir wollen es aber nicht. Man hat vieles verbessert — aber es ist unstreitig, daß man noch mehreres zu verbessern übrig gelassen hat. Laßt uns also gegen die edeln Menschen- und Jugendfreunde nicht undankbar seyn, und nicht über sie mit einem bittern Tadel herfahren, die eine verbeßerte Art des Unterrichts und der Erziehung mit so unsäglicher Mühe und unter so vielen Widerwärtigkeiten gegen die Vorurtheile alter Gewohnheiten durchzusetzen trachten. Von der Erziehung hängt größtentheils das Glück der folgenden Jahre ab. Gut erzogene, verständige, geschickte und gesittete Menschen sind eine sichere Stütze der Wohlfahrt des menschlichen Geschlechts. Wann wird sich doch die glückliche Epoche anfangen? da man unter andern merkwürdigen Begebenheiten schreiben wird: Seit der Verbesserung des Schulwesens. Wir wollen hoffen, daß diese Ehre unser Jahrhundert, und namentlich die deutsche Nation in der Geschichte der Menschheit behaupten wird. An guten Aussichten hiezu fehlt es nicht. Ueberall — wenigstens im deutschen Reiche, wird für die zweckmäßigere Erziehung der Jugend gesorgt, und es scheint, daß die Erziehungskunst mit der Zeit einen vorzüglichen Platz in dem Staatssystem behaupten wird, wie sie es verdient. Bis zu diesem glücklichen Zeitpunkte aber sind besondere Anstalten nöthig, wo die Kinder der Aufsicht und der treuen Fürsorge der Lehrer ganz überlaßen werden, und wo die Lehrer nach ihrer Einsicht freyhandeln dürfen, ohne weder von dem Zwange der Schulgesetze, noch von der ökonomischen unzeitigen Sparsamkeit der Aufseher, noch auch von dem Eigendünkel der ihre Kinder verzärtelnden Eltern abzuhängen. Kurz es muß eine Anstalt seyn, die durch sich selbst bestehet, sich selbst regiert, und weder durch eine höhere Gewalt, noch durch einen niedrigen Eigennutz in der Wahl und der Ausübung des Beßeren gehindert wird. Man hat vielfältig gestritten, ob eine öffentliche oder die Privaterziehung der Jugend vortheilhafter sey? Vielleicht waren bisher die öffentlichen Schulen, wegen des die jungen Seelenkräfte anstrengenden Wetteifers und größerer Zahl der Lehrer, vortheilhafter zur Bildung des Verstandes, und die Privaterziehung, wegen der mehreren Eingezogenheit und genaueren Aufsicht, vortheilhafter zur Bildung des Herzens — es ist aber unstreitig beßer, wenn beydes beysammen bestehen kan. Und es bestehet alsdann, wenn in einer Anstalt die Aufseher beydes Lehrer und Väter sind, mit allem Ansehen und aller Liebe, ohne bey den Kindern in den Verdacht zu kommen, daß sie bloße von der Obrigkeit oder ihren Eltern bestellte Zuchtmeister sind, von deren Ausspruche noch eine Appellation statt findet. Hiemit wird nicht dem harten Schuldespotismus das Wort gesprochen. Lehrer — alle zusammen — nicht ein einzelner Lehrer — müßen die höchste Obrigkeit der Kinder seyn. Einer muß nie für sich weder eine Belohnung noch eine Strafe zuerkennen. Dies hängt vom ganzen Collegio der Lehrer ab. Und hiemit ist allem Mißbrauche der Partheylichkeit, und dem Ausbruche eines unzeitigen und ungeziemenden Zornes bey jedem einzelnen Lehrer vorgebeugt. Guter Rath, weiser — der Erziehungskunst kundiger Männer muß mehr gelten, als ein wer weiß aus was für Absichten — und von Wem — vorgeschriebenes Schulgesetz. Die Geschicklichkeit und Treue der Lehrer muß eine solche Anstalt in Aufnahme bringen, oder ihr Unfleiß und Ungeschicklichkeit ihren Untergang befördern — besonders wenn sie gleichsam eine Probeschule ist, an der man den Erfolg und die Wirkungen der neuen Methode absehen will. — Eine Absonderung der zu erziehenden Jugend — nicht durch das Einsperren an einen einsamen, von der übrigen Welt, zu deren Geschäften sie erzogen werden soll, abgelegenen Ort — sondern eine Absonderung mitten in der Welt, und mitten im Umgange mit den Menschen — von den bösen Sitten durch eine genaue und stete Aufsicht der Lehrer, ist mit umbeßwillen rathsam, weil auch die besten Lehren dem verführerischen Beyspiel verdorbener Sitten der übrigen verwahrloseten Jugend nicht immer widerstehen können. Man klagt so oft, daß die sorgfältigste Erziehung so wenig über das Herz der Kinder vermag, — aber es ist mehr als wahrscheinlich, daß sie darum so wenig die abgezielte und erwünschte Wirkung äußert, weil bey der häuslichen Erziehung der Umgang mit andern Kindern von einem sehr oft ungleichen Schlage — und was noch ärger ist mit dem Gesinde — kaum zu vermeiden ist. Kinder lernen von einander selten etwas Gutes, wenn sie nicht unter einerley Aufsicht stehen. Nur eine einförmig-gute Erziehung macht einförmig-gute Sitten. Kein Haus in der ganzen Welt ist so glücklich, daß es in seiner Einrichtung gar keine Hinderniße der guten Erziehung in den Weg legte. Nur eine ganz darauf gerichtete Anstalt kan davon frey bleiben.

In allen diesen Hinsichten behauptet das bekannte Institut zu Deßau eine geprüfte Vorzüglichkeit, die ihm durch die Stimmen vieler in Erziehungsſachen kompetenten Richter iſt zuerkannt worden. Wir wollen uns indeßen ſeines Lobes enthalten, und nur die Frage aufwerfen: ob eine ſolche Anſtalt die Unterſtützung der Menſchenfreundlichkeit verdiene, oder nicht? Uns dünkt, daß wenn durch dieſe Unternehmung noch nichts wäre geleiſtet worden, ſo hätte ſie doch an die Unterſtützung gutdenkender Menſchen gerechte Anſprüche zu machen. Eine Sache, die ſo nahe und unmittelbar das Wohl des menſchlichen Geſchlechts betrift darf nicht gleichgültig überſehen werden, wenn man den Vorwurf eines eingeſchränkten Verſtandes und der Fühlloſigkeit des Herzens ſich nicht will zu ſchulden kommen laßen. Wenn aber ſchon ſo viel zu ihrem Vortheile ſpricht, wenn ſie ſchon vieles über die Erwartung geleiſtet hat; ſo muß dies die Freude derer, die durch ihre gutgemeynte Beyträge hiezu behülflich geweſen ſind, um ein großes erhöhen. Wer noch nichts beygetragen hat, dem ſtehet der Weg offen — ein Beförderer dieſer nützlichen und lobeswerthen Unternehmung zu werden. Eine Schrift von dem benannten Inſtitut unter dem Titel: Pädagogiſche Unterhandlungen hat auch bey unſerm Publikum Liebhaber, Leſer und Pränumeranten gefunden, und ihren Nutzen für das Herz der Kinder hat jede Mutter aus der Leſung der darinn befindlichen Kinderzeitungen wahrnehmen können. Dieſe Art der Erweckung moraliſcher Empfindungen behauptet einen unleugbaren Vorzug vor dem gewöhnlichen Unterrichte durch die Fabeln, weil die Sachen aus dem Kinderalter hergenommen ſind, und alſo mehr Wahrſcheinlichkeit und mehr Intereſſe, als die Sprache der Vögel und der Thiere, für ein junges Herz haben. Die Pränumeration für einen neuen Jahrgang dieſer nützlichen und ſchöngeſchriebenen Schrift koſtet drey Reichsthaler. Wer aber überdies einen Beytrag thun will — der wird ſeinen Nahmen unter den Wohlthätern des philanthropiniſchen Inſtituts leſen können. Die Einnahme und die Zuſtellung der angekommenen Exemplare übernimmt der Prediger Wannowski, und man kan ſich in dieſer Abſicht jeden Vormittag bey ihm melden.

* * *

Jetzt bin ich wieder in dem Lauf, in dem mich viele meiner Freunde zu ſehen gewünſcht haben. Hoch auf dem Ocean eilte ich einem fernen unbekannten Lande entgegen — Sturm und Wellen warfen mich hin und her. Mir fehlte es an nöthiger Ausrüſtung, und meinem Führer an Gleichmüthigkeit und Gedult. Er ſollte den

Weg angeben und steuern, statt dessen er der Theorie der Magnetnadel nachsann. Ich ward von seinen Gehülfen zurückgeführt, in einem großen Strom, fast zur Quelle hinauf — nun kehre ich mit neuer Ausrüstung in den Ocean zurück — wenn mir die Bewohner des festen Landes die nöthigen Unterstützungen nicht versagen, so denke ich ohngeachtet aller Gefahren und Unruhen die Küste zu erreichen, woher für die Menschheit Glück zu holen ist.

Das Philanthropin.

3.

Kant's Vorrede zu Reinhold Bernhard Jachmann, „Prüfung der Kantischen Religionsphilosophie in Hinsicht auf die ihr beygelegte Aehnlichkeit mit dem reinen Mystizism. Mit einer Einleitung von Immanuel Kant." Königsberg bey Fr. Nicolovius. 1800. 8. (173 S.)

Prospectus zum inliegenden Werk.

Philosophie, als Lehre einer Wissenschaft, kann, so wie jede andere Doctrin, zu allerley beliebigen Zwecken als Werkzeug dienen; hat aber in dieser Hinsicht nur einen bedingten Werth. — Wer dieses oder jenes Product beabsichtigt, muß so oder so dabey zu Werke gehen, und, wenn man hiebey nach Principien verfährt, so wird sie auch eine practische Philosophie heißen können und hat ihren Werth, wie jede andere Waare und Arbeit, womit Verkehr getrieben werden kann.

Aber Philosophie in buchstäblicher Bedeutung des Worts, als Weisheitslehre, hat einen unbedingten Werth; denn sie ist die Lehre vom Endzweck der menschlichen Vernunft, welcher nur ein einziger seyn kann, dem alle andere Zwecke nachstehen oder untergeordnet werden müssen, und der vollendete practische Philosoph (ein Ideal) ist der, welcher diese Forderung an ihm selbst erfüllt.

Ob nun Weisheit von oben herab dem Menschen (durch Inspiration) eingegossen, oder von unten hinauf durch innere Kraft seiner practischen Vernunft erklimmt werde, das ist die Frage.

Der, welcher das erstere als passives Erkenntnißmittel behauptet, denkt sich das Unding der Möglichkeit einer übersinnlichen Erfahrung, welches im geraden Widerspruch mit sich selbst ist (das Transscendente als immanent vorzustellen,) und fußet sich auf eine gewisse Geheimlehre, Mystik genannt, welche das gerade Gegentheil aller Philosophie ist, und doch eben darinn, daß sie es ist, (wie der Alchemist) den großen Fund setzt, aller Arbeit vernünftiger, aber mühsamer Naturforschung überhoben, sich im süßen Zustande des Genießens seelig zu träumen.

Diese Afterphilosophie auszutilgen, oder, wo sie sich regt, nicht aufkommen zu lassen, hat der Verfasser gegenwärtigen Werks, mein ehemaliger fleissiger und aufgeweckter Zuhörer, jetzt sehr geschätzter Freund, in vorliegender Schrift mit gutem Erfolg beabsichtigt. Es hat dieselbe der Anpreisung meinerseits keineswegs bedurft, sondern ich wollte blos das Siegel der Freundschaft gegen den Verfasser zum immerwährenden Andenken diesem Buche beyfügen.

Königsberg, J. Kant.
den 14. Januar 1800.

4.

Kant's Vorrede zu: „Littauisch-deutsches und Teutsch-littauisches Wörterbuch, worinn das vom Pfarrer Ruhig zu Walterkehmen ehemals herausgegebene zwar zum Grunde gelegt, aber mit sehr vielen Wörtern, Redens-Arten und Sprüchwörtern zur Hälfte vermehret und verbessert worden von Christian Gottlieb Mielcke, Cantor in Pillkallen. Nebst einer Vorrede des Verfaßers, des Herrn Prediger Jenisch in Berlin, und des Herrn Kriegs- und Domainen-Raths Heilsberg, auch einer Nachschrift des Herrn Professor Kant." Königsberg, 1800. Im Druck und Verlag der Hartungschen Hofbuchdruckerey.

Nachschrift eines Freundes.

Daß der preußische Littauer es sehr verdiene, in der Eigenthümlichkeit seines Charakters, und, da die Sprache ein vorzügliches Leitmittel zur Bildung und Erhaltung desselben ist, auch in der Reinigkeit der letzteren, sowohl im Schul- als Canzelunterricht, erhalten zu werden, ist aus obiger Beschreibung desselben*) zu ersehen. Ich füge zu diesem noch hinzu: daß er von Kriecherey weiter, als die ihm benachbarte Völker, entfernt, gewohnt ist mit seinen Obern im Tone der Gleichheit und vertraulichen Offenherzigkeit zu sprechen; welches diese auch nicht übel nehmen oder das Händedrücken spröde

---

*) In der dritten Vorrede von C. F. Heilsberg. Königsberg, den 24sten December 1799. D. H.

verweigern, weil sie ihn dabey zu allem Billigen willig finden. Ein von allem Hochmuth, oder einer gewissen benachbarten Nation, wenn jemand unter ihnen vornehmer ist, ganz unterschiedener Stolz, oder vielmehr Gefühl seines Werths, welches Muth andeutet und zugleich für seine Treue die Gewähr leistet.

Aber auch abgesehen von dem Nutzen, den der Staat aus dem Beystande eines Volks von solchem Charakter ziehen kann: so ist auch der Vortheil, den die Wissenschaften, vornehmlich die alte Geschichte der Völkerwanderungen, aus der noch unvermengten Sprache eines uralten, jetzt in einem engen Bezirk eingeschränkten und gleichsam isolirten Völkerstammes, ziehen können, nicht für gering zu halten und darum ihre Eigenthümlichkeit aufzubewahren, an sich schon von großem Werth. Büsching beklagte daher sehr den frühen Tod des gelehrten Professors Thunmann in Halle, der auf diese Nachforschungen mit etwas zu großer Anstrengung seine Kräfte verwandt hatte. — Ueberhaupt, wenn auch nicht an jeder Sprache eine ebenso große Ausbeute zu erwarten wäre, so ist es doch zur Bildung eines jeden Völkleins in einem Lande, z. B. im preußischen Polen, von Wichtigkeit, es im Schul- und Cancelunterricht nach dem Muster der reinesten (polnischen) Sprache, sollte diese auch nur außerhalb Landes geredet werden, zu unterweisen und diese nach und nach gangbar zu machen; weil dadurch die Sprache der Eigenthümlichkeit des Volks angemessener und hiemit der Begriff desselben aufgeklärter wird.

J. Kant.